Amrûn
ROMANCE

W0305233

PLAY WITH ME

Band 2:

Feuer frei

Julia Will

© 2019 Amrûn Verlag
Jürgen Eglseer, Traunstein

Lektorat: Susanne Pavlovic, Textehexe
Umschlaggestaltung: cover & books Buchcoverdesign

Alle Rechte vorbehalten

ISBN TB – 978-3-95869-394-4
Printed in the EU

Besuchen Sie unsere Webseite:
amrun-verlag.de

Bibliografische Information der Deutschen Nationalbibliothek:
Die Deutsche Nationalbibliothek verzeichnet diese Publikation in der Deutschen Nationalbibliografie; detaillierte bibliografische Daten sind im Internet unter http://dnb.d-nb.de abrufbar
v1 19

Wenn das Leben dir Zitronen gibt …
Schnapp dir Tequila und mach dich
bereit für den Bodyshot deines Lebens!

Am nächsten Morgen bin ich immer noch aufgekratzt. Also, ich habe geschlafen, ziemlich gut sogar, nachdem ich mir Chains Nachricht angehört und es mir dazu nochmal gemacht habe. Gott, diese Töne ... Nach dem Aufwachen war er sofort wieder in meinem Kopf und ich habe direkt WhatsApp geöffnet und glücklich auf den Chat gestarrt.

Gespeichert habe ich ihn unter Chain. Auch wenn ich erst nicht sicher war, ob nicht Josuha besser wäre. Im Prinzip ist es egal: Ich habe endlich seine Nummer!

Geschrieben habe ich ihm auch schon. Ein einfaches ›Danke! *___*‹

Antwort kam leider keine mehr. Auch im RPG nicht mehr. Und selbst jetzt, als ich nachsehe, ist da kein weiterer Post.

Das ist ein bisschen schade und ich fühle mich, als hätten wir einen One-Night-Stand gehabt und er wäre danach mitten in der Nacht einfach abgehauen.

Aber! Ich habe seine Nummer!

Grinsend steige ich aus dem Bus und laufe die paar Meter zum Campus. Dort stehen bereits Hannah und Tim, die mir entgegenkommen, als sie mich sehen.

»Dein Ernst?!«, quietscht Hannah, der ich vorhin einen Screenshot von dem Chat geschickt habe.

Genauso wie Tim.

»Alter, verarscht du uns? Du hast jemand anderes umgespeichert, oder? Gib`s zu!«, lacht er, boxt mir gegen die Schulter und bekommt den harten Schlag postwendend zurück.

»Du Arschloch, natürlich nicht! Das ist seine Nummer! Und ratet, was das für ne Sprachnachricht ist«, singe ich fast und könnte platzen vor lauter Euphorie!

»Keine Ahnung, was ist es?«, will Hannah wissen, hibbelt aufgeregt von einem Bein auf das andere.

»Ne Liebeserklärung?«, schlägt Tim vor und ich schnaube. Sein Ernst?

»So ein Quatsch! Nein! Wir haben gestern wieder gespielt und dann ...« Vertraulich beuge ich mich näher und lege beiden meine Arme um die Schultern. »Dann hat er mir ne Sprachnachricht mit seinem Orgasmus geschickt.«

Ich zucke zur Seite, als Hannah losqietscht vor Begeisterung. Mein Gott, sie ist so ein Fangirl!

»Oh mein Gott! Das hat er echt gemacht! Oh Gott! Darf ich sie anhören? Bitte, Mike!«

Ihr Gesicht leuchtet richtig und ich muss echt lachen, weil das schon ein bisschen gestört ist, aber irgendwie ist es ja schön, dass sie sich so für mich freut.

»Ew, nein! Nein, Mann, ich will das nicht hören!«, wehrt Tim auf der anderen Seite ab.

»Musst du nicht, niemand außer mir wird das hören!«

»Aaawww, das ist gemein!«, jammert Hannah.

»Nope, das ist Respekt! Er würde bestimmt nicht wollen, dass noch jemand außer mir das hört!«

»Haha, so ein Scheiß, du lässt sie immerhin euren Sex lesen! Du bist nur eifersüchtig und willst deshalb nicht, dass sie's hört!« Tim amüsiert sich köstlich, der Blödmann.

»Eifersüchtig? So ein Blödsinn, warum sollte ich eifersüchtig sein?«

So unrecht hat er gar nicht. Also, eifersüchtig kann man das nicht nennen, aber es stimmt schon. Ich will nicht, dass das außer mir jemand hört. Es ist meins, es gehört allein mir, und auch wenn ich gern die Tatsache teile, dass es die Nachricht gibt, ist sie allein für meine Ohren bestimmt.

»Dennoch find ich das voll gemein!«, lacht Hannah und kneift mich in den Oberarm. »Dann schick mir wenigstens den Sex!«

»Den RPG-Sex schick ich dir heute Abend, wenn ich unseren privaten Kram rausgenommen hab, den anderen nicht. Aber oh Gott, es war so gut!«

»Du bist echt voll gemein, Mike!« Kichernd stupst sie mich mit der Schulter an. Tim neben mir schüttelt nur grinsend den Kopf.

»Bin ich gar nicht, ich bin voll nett!«, erwidere ich und verschränke gespielt beleidigt die Arme vor der Brust.

»Und du musst eure Kommentare dazwischen nicht unbedingt rausnehmen, die stören mich nicht.«

»Ah doch, waren ziemlich viele diesmal. Wir haben uns zwischendurch richtig unterhalten.« Das war einfach nur schön …

Und sie weiß auch, dass das was Besonderes ist, denn sofort wird sie ernst und ihre Augen groß.

»Echt jetzt? Taut er wirklich langsam auf?«

»Scheint fast so ...« Mein Grinsen wird breiter und breiter.

»Toll ... Grade jetzt, wo du Nicklas wiedergetroffen hast.«

Ich zucke nur die Achseln. »Und? Erstens sind Nick und ich nicht zusammen und zweitens werde ich Chain wahrscheinlich eh niemals live kennenlernen. Woher soll ich denn wissen, dass er nicht 500 Kilometer weit weg wohnt?« Sie wiegt nachdenklich den Kopf und nickt dann ebenfalls.

»Stimmt schon. Ist echt bisschen blöd.«

»Jop. Und, wie läuft's bei dir? Hat sich dein Arsch wieder gemeldet, beziehungsweise sich entschuldigt?«

Sofort legt sich ein seliges Lächeln über Hannahs Gesicht und Tim und ich stöhnen gleichzeitig halb genervt, halb belustigt auf.

»Er hat heute Nacht geschrieben, dass es ihm leidtut und er mich vermisst und vorhin hat er mir einen guten Morgen gewünscht! Das macht er sonst nie!«

»Aww, das freut mich voll für dich!« Tut es tatsächlich, weil es ihr echt schlecht ging, nachdem er sich gestern den gesamten Tag nicht gemeldet hat. Das blöde Arschloch.

***

Zur Mittagspause treffe ich mich mit Tim in der Mensa. Hannah sitzt zwei Plätze weiter mit ihrem Loverboy und sieht so glücklich aus, dass man davon direkt Karies bekommt.

Sie redet und redet auf ihn ein, während er schweigend isst, ihr aber wohl immerhin zuhört.

»Die zwei, ey ...«, brummt Tim, beißt in seinen Burger und verteilt die Soße auf seinem Kinn.

»Jop. Er hat sie echt nicht verdient.«

»Kein Stück«, pflichtet er mir mit vollem Mund bei und ich beiße selbst in meinen eigenen Burger mit doppelt Käse.

»Was wolltest du eigentlich?«, fällt mir spontan wieder ein und sehe ihn fragend an.

»Hm?« Offenbar hat er allerdings schon wieder vergessen, dass er mich gestern noch angeschrieben hat.

»Als du gefragt hast, ob ich noch Zeit habe? Gestern Abend?«

»Ach so! Ja ne, ich wollte nur ... uhm ...« Mir fallen fast die Augen aus dem Kopf, als Tim, Mister Coolkid, dem nichts peinlich ist, tatsächlich rot wird. Krasser Scheiß.

»Okay?« Ich bin jetzt schon total blöd am Grinsen, weil Verlegenheit bei ihm echt ungewöhnlich ist.

»Ja, äh ... also, erinnerst du dich noch an das Mädel von der Party?«

»Welches? Da waren ziemlich viele!«, lache ich, weiß aber eigentlich genau, wen er meint. Es gab nämlich nur eine, mit der er irgendwann knutschend in der Ecke stand.

»Du Blödmann, das weißt du genau! Die Blonde, Celina! Wir haben rumgemacht!«

»Aaaaah, diiiieeee!«

»Ja, die! Jedenfalls ... waren wir essen und dann ...« Oh, jetzt wird es interessant. Was hat er sich geleistet, dass er sogar rot wird? Das ist ja fast niedlich.

»Und dann?«, hake ich neugierig nach.

»Dann war da diese Kellnerin. Das war in diesem einen teuren Restaurant. In der Innenstadt. Im Castello.

Wir wollten da letztes Jahr mal hingehen, und dann hatten die aber Ruhetag.«

»Ah, ja, ich weiß, welches du meinst! Das angeblich so geile Steak macht!« Wir haben uns damals echt geärgert, dass der Laden gerade an dem Tag geschlossen hatte und danach haben wir einfach vergessen, es nochmal zu versuchen.

»Ja, genau! Jedenfalls, diese Kellnerin ... Gott, sie war so schön!« Seine Augen glänzen fast fiebrig, als er das erzählt und ich bin mehr von seiner Mimik fasziniert als von seiner Geschichte, denn so habe ich Tim echt noch nie erlebt! »Sie hatte lange, schwarze Haare, so glatt, und die haben so bläulich geschimmert ... Und ihre Augen! Ich hab noch nie so hellblaue Augen gesehen!«

»Warte ... Du warst auf nem Date mit Celina und hast dabei die Kellnerin angeschmachtet?«

Allein der Gedanke ist ziemlich witzig, dem Mädel gegenüber aber leider echt arschig! »Du bist so ein Wichser!«, lache ich, picke eine Kirschtomate aus meinem Salat und werfe sie nach ihm. Er weicht aus und ich treffe den Typen, der hinter ihm sitzt.

»Sorry!« Der ist zum Glück so in seine Rede über keine Ahnung was vertieft, dass er´s nicht mal merkt. »Bist du aber echt!«

»Ja, ich weiß ... Celina war auch nicht begeistert. Hat dann hinterher voll rumgemeckert, was das soll und überhaupt.«

»Verständlich!« Hatte sie jedes Recht der Welt dazu!

»Ja, aber du hättest die Kellnerin sehen sollen! Sie

war so wunderschön! Du musst mit mir da hin!«, erklärt er jetzt total verträumt und ich grinse gemein.

»Lol, damit du ihr zeigen kannst, dass du nicht nur vergeben, sondern auch noch schwul bist?«, ziehe ich ihn auf. Er schlägt nach mir, erwischt mich aber nicht, weil ich schnell genug ausweiche.

»Idiot, das soll kein Date werden!«, mault er, muss dann aber selbst lachen.

»Aber wenn ich drauf bestehe?«, ärgere ich ihn und er zeigt mir seinen Mittelfinger.

»Dann nehmen wir halt Nick auch mit! Oder hat sich das mit euch schon wieder erledigt?«

»Ne, ne, wir haben uns gestern getroffen«, erzähle ich und lächle zufrieden.

»Sag mal, wie kann es sein, dass du glühst wie ein Christbaum auf LSD, sobald es um Chain geht, selbst wenn er nur virtuell gefurzt hat, und dann triffst du jemanden, ihr versteht euch, ihr habt Sex, und das ist so ... nebensächlich?«

»Ich glühe gar nicht!« Der ist doch blöd und labert nur Scheiße!

»Doch, tust du! Du hast dich über seine dämliche Nummer mehr gefreut, als über ... keine Ahnung, wie ein richtig gutes Steak eben?«

»Du meinst wohl eher wie Ramen?«, frage ich sofort begeistert und notiere mir gedanklich, dass ich heute unbedingt mal wieder welche essen gehen muss! Also vor der Arbeit heute Abend. Ich liebe Ramen einfach so sehr! Generell liebe ich die asiatische Küche. Egal ob es einfache gebratene Nudeln sind, japanische Dons mit

Reis, Fleisch und Ei, oder Reisnudeln mit Gemüse, das ich im Supermarkt noch nie gesehen habe. Ich könnte mich echt von dem Zeug ernähren, aber Ramen stehen definitiv unangefochten auf Platz eins!

»Depp, nicht sowas! Etwas, was dich richtig happy macht!« Er überlegt kurz, muss dann aber selbst lachen. »Okay, gut, wie deine blöde Nudelsuppe!«

Ich grinse ihn breit an, lehne mich zurück und strecke mich, bevor ich mich wieder zu ihm beuge.

»Das liegt daran, dass Chain meine Nudelsuppe ist. Irgendwie. Nick ist toll, er ist wie ... wie Steak! Er ist besonders und alles, aber er ist eben nur Steak. Keine Nudelsuppe«, erkläre ich und zucke die Schultern. Nudelsuppe ist das Essen fürs Leben. Leicht im Sommer, wärmend im Winter, mit allem kombinierbar … sie macht einfach rundum glücklich.

»Ich glaube, du hast noch nie ein wirklich gutes Steak gegessen, sonst würdest du sowas Bescheuertes nicht sagen«, verteidigt Tim sein heißgeliebtes Fleisch.

»Steak ist okay, aber Ramen sind was anderes! Ich liebe Ramen und die werden für mich immer auf Platz eins stehen!«

Seine Augen werden groß und seine Mimik verrutscht. Ich verstehe einen Moment nicht, was er jetzt hat, denn dass ich Ramen wirklich liebe, weiß jeder, der mich kennt!

»Du liebst ihn?«

»Was?«

»Na, diesen Internettyp?«

»Was? Wann hab ich - ach so! Gott, nein! So hab ich

das gar nicht gemeint!« Er ist echt so ein Idiot und ich muss wieder lachen.

Auch wenn ich ... Also, hin und wieder frage ich mich ja schon, ob das normal ist, was ich empfinde. Also, wenn ich mit Chain schreibe. Oder wenn ich darüber nachdenke, wie er aussieht, was er so macht, was für ein Leben er führt, wo er gerade ist ... Ich kann mich damit echt lange beschäftigen, wenn mich nichts ablenkt.

»Na, ich weiß nicht ...« Skeptisch mustert mich Tim.

»Halt die Klappe, so ist das nicht! Das wäre total dämlich und ziemlich sinnlos«, gebe ich zurück, weiß, dass ich Recht habe, und dennoch zwicken meine Worte mir unangenehm in der Brust.

»Möglich, aber ...«

»Sei still! Ich frage Nick, ob er Lust hat, mit uns essen zu gehen.« Bereitwillig lässt Tim mich das Thema wechseln, aber wahrscheinlich auch nur, weil er direkt wieder an die hübsche Kellnerin denkt.

»Sehr geil! Wann?«

»Wann du's dir leisten kannst? Du zahlst!«, lache ich und beobachte, wie ihm das Gesicht entgleist.

»Was? Du spinnst wohl!«, japst er entsetzt, weil er sich lebhaft vorstellen kann, was da für eine Rechnung auf ihn zukommen würde.

»Ist sie dir das nicht wert«, ziehe ich ihn auf, hole schon mein Handy raus, um Nick zu schreiben, und registriere ganz nebenbei, dass ich keine neue Nachricht von Chain habe. Auch im RPG nicht. Ich meine, das dauert zwei Sekunden, die App zu öffnen, das merkt Tim gar nicht und dann bin ich ja auch schon in Nicks

Chat. Halbwegs schaffe ich es sogar, das ekelhafte Ziehen in meinem Magen zu ignorieren. Warum schreibt er nicht?

***

Am nächsten Abend sitzen Tim, Nick und ich im Castello. Nick und ich haben Spaß, während Tim eine Fresse zieht, als hätte man ihm seine PlayStation weggenommen. Und die Xbox. Und sein Handy.

»Ach komm, vielleicht hat sie nur Pause? Oder fängt erst später an?«, starte ich den bestimmt fünften Anlauf ihn zu trösten. Obwohl ich selbst ein paar nette Worte gut gebrauchen könnte, denn Chain hat sich jetzt seit zwei Tagen nicht bei mir gemeldet. Obwohl ich ihn schon dreimal dran erinnert habe, dass es mich gibt. Per WhatsApp und im RPG. Nichts.

»Wir sind seit über einer Stunde hier. Die gesamte Primetime durch. Welcher Kellner hat da - fuck, da ist sie!«

Tim sieht aus, als würde er gleich auf den Tisch schmelzen. Oder sabbern. Oder beides. Nick und ich drehen uns gleichzeitig um, starren ziemlich auffällig in die Richtung, in die Tim grade sein Herz geworfen hat und jetzt wie ein Zombie dahockt und gierig hinterher glotzt. Nur ... sehe ich da keine Kellnerin, nur einen Kellner, der sich elegant zwischen den Tischen durchschlängelt. Ist Tim jetzt auch schwul?

»Eh ...« Dann sehe ich sie und wow, ich stehe echt nicht auf Frauen, aber die junge Dame, die da gerade in engen Jeans, einer lockeren, weißen Bluse mit violetten aufgedruckten Blüten und auf leisen, flachen Schuhen durch das Restaurant geht, ist wirklich eine Schönheit! Ich kann verstehen, dass Tim sie interessanter fand als Celina, auch wenn das dennoch ne scheiß Aktion war.

»Ist sie nicht wunder-wunder-wunderschön?«, haucht er glücklich.

»Ist sie«, stimme ich zu und auch Nick nickt anerkennend.

»Aber wohl nicht im Dienst, gerade«, fügt er an und Tim und ich wiegen langsam den Kopf. »Vielleicht fängt sie jetzt erst an?«

»Wäre möglich ...« Auch wenn ich das nicht glaube. Für einen Schichtwechsel ist es eigentlich zu spät. Ich hatte ja selbst schon zig Nebenjobs in der Gastronomie, von daher weiß ich, dass so spät niemand mehr anfängt zu arbeiten, wenn das Hauptgeschäft schon dem Ende zugeht. Und das ist um halb neun Uhr am Abend unter der Woche definitiv der Fall!

Alle drei beobachten wir, wie sie zur Bar geht und den Barkeeper mit einem Kuss auf die Wange begrüßt.

Tim schimpft leise vor sich hin. Der ist echt durch!

»Aus!«, lache ich.

»Der soll die Finger von meiner Zukünftigen nehmen!«, zischt er angefressen und ich lache nur noch lauter.

»Du hast noch nicht ein Wort mit ihr gesprochen!«

»Doch natürlich! ›Einmal das Rib-Eye-Steak mit Ofenkartoffel und zu trinken ne große Cola‹ und ›Die Rechnung bitte!‹ Das sind zwei Sätze!«, ereifert er sich und ich muss mir ganz gewaltig das Lachen verkneifen. Tim hat sich noch nie so angestellt, wenn es um ein Mädchen ging. Das ist absolute Premiere.

»Wow, da war sie sicher beeindruckt und überlegt jetzt, wie sie dir nen Antrag machen soll ... «, Oh Gott, Nick!

»Sei still, du Lappen, du hast keine Ahnung«, mault Tim und lässt den Kopf hängen. Nennt man das Liebe auf den ersten Blick?

»Na danke!« Immerhin nimmt Nick es auch mit Humor.

»Lass mich ...«, schmollt Tim jetzt auch noch.

»Wir lassen dich ja! Komm, schreib zumindest deine Nummer auf und gib sie ihr, mehr als nicht klappen kann es ja nicht«, schlage ich vor, aber er sieht nicht wirklich motiviert aus.

»Die interessiert sich im Leben nicht für mich!«

»Aber dann hast du's wenigstens versucht! Außerdem sind wir doch extra deswegen hierhergekommen«, dränge ich, weiß, dass ich Recht habe, aber er wirkt nicht überzeugt.

»Ja, aber ... Ich weiß nicht, ob ich es ertrage, nen Korb von ihr zu bekommen. Ja, wir sind deswegen hier, aber jetzt weiß ich nicht mehr, ob das so eine gute Idee ist.«

In dieser Sekunde brummt mein Handy in meiner Hosentasche und ich springe beinahe auf vor Schreck. Mit fliegenden Fingern zerre ich es aus dem widerspenstigen Stoff, der es erst nicht hergeben will. Er hat geschrieben! Chain hat mir endlich geantwortet und ich -

Hannah. Ich sinke enttäuscht in mich zusammen.

Mist ... Warum? Warum meldet sich der Bastard nicht mehr?!

Seufzend öffne ich die Nachricht, die ungefähr 5000 Smileys und ein Bild von ihrem Handgelenk enthält, um das ein wirklich hübsches, silbernes Armkettchen liegt.

›Er ist so ein Schatz! Omg, ich bin so glücklich!‹, freut sie sich und ich meine, mich dunkel daran zu erinnern, dass sie mir das Kettchen schon mal in einem Schaufenster gezeigt hat. So vor einem halben Jahr?

›Aaaw, voll hübsch! X3 Gabs nen Anlass?‹, schreibe ich zurück, denn auch wenn ich immer noch ein bisschen geknickt bin, dass nicht Chain mir geschrieben hat, freue ich mich doch ehrlich für sie!

›Nein, einfach so! Bis eben waren wir essen, voll schön mit Kerzenschein! Ich habe eine Rose bekommen und die Kette und jetzt sind wir bei ihm und er duscht gerade.‹

›Oh, oh, oh, Hannah, ich glaube, er bescheißt dich, dein Loverboy … Kein Mann verschenkt einfach so Schmuck, wenn er kein schlechtes Gewissen hat!‹ Ich kann's einfach nicht lassen, sie zu ärgern.

Nick sieht mein fieses Grinsen.

»Was ist so lustig?«

»Ach, ich ärgere Hannah. Ihr Freund hat ihr Blumen und Schmuck geschenkt«, erzähle ich.

»Einfach so?«

»Einfach so.«

»Er bescheißt sie!«, sagt er mit so viel Überzeugung, dass ich mich jetzt fast an meiner Cola verschluckt hätte.

»Hab ich ihr gerade geschrieben!«, lache ich, schüttle dann aber den Kopf. »Aber ne, ist nur Spaß. Leon ist nicht der Typ für sowas.«

»Fürs Bescheißen?«, fragt Nick und sieht mich neugierig an.

»Für alles. Ich glaube, dem müsste sich eine nackt zu Füßen legen, weil der redet nicht. Der tut nix, der ist immer einfach nur da und sieht gut aus. Das ist, glaub ich, das Einzige, was er kann.«

»Gut aussehen?« Er grinst amüsiert.

»Jop. Weil charakterlich kannst du den voll vergessen. Keine Ahnung, warum Hannah so an ihm hängt.« Ich werde unterbrochen, als Hannahs Antwort kommt.

›Du bist ein Arsch, das würde er nie tun!‹ Ja, sag ich ja, weil er dafür mit anderen Menschen sprechen müsste.

›Weiß ich doch, ich mach nur Spaß <3 Die Kette ist mega schön und die Geste ultra süß und jetzt habt Sex!‹ Grinsend packe ich mein Handy wieder weg und sehe wieder zu Tim, der so wirkt, als wäre er geistig gar nicht mehr anwesend. Ob er es heute noch auf die Reihe kriegt sie anzusprechen? Ich bezweifle es ja …

***

Drei Stunden später liege ich schwer atmend mit Nick in meinem Arm in meinem Bett. Er ist nicht weniger fertig als ich. Fuck ... war das gut ...

»Alter ... Du fickst wie ein junger Gott«, japst er, stemmt sich hoch und angelt nach der Wasserflasche auf meinem Nachttisch.

»Eh ... Danke?« Ich warte, bis er fertig getrunken hat, und nehme dann auch einen tiefen Schluck. Scheiße, ey … Der Kerl ist der Hammer ...

»Bitte. Ich hatte schon lang nicht mehr so viel Spaß! Befriedigenden Spaß vor allem ...«

»Geht mir auch so. Kann ich dich was fragen?« Neugierig drehe ich mich in seine Richtung.

»Klar, immer!«

»Wie lange bist du schon Single?« Nicht dass ich etwas daran ändern wollte, aber ich mag es, wenn die Fronten geklärt sind. Es ist für keinen schön, wenn beide nicht dasselbe wollen.

»Puh ... ich glaube ... seit der fünften Klasse?«

Verdutzt blinzle ich ihn an. Fünfte Klasse?!

»Dein Ernst?«

»Jap! Also, ich hatte immer wieder mal jemanden, aber nie was wirklich Ernstes. Will ich nicht, brauch ich nicht.« Er setzt sich auf und mustert mich forschend. »Das war jetzt aber nicht die Einleitung zu: Hier nimm mich, ich hab mich in dich verliebt?«

Es klingt irgendwie lustig, irgendwas zwischen geschockt und enttäuscht, als würde er fürchten, dass ich gleich alles kaputtmache, und ich kann mir gerade so das Lachen verkneifen. Eine ziemlich witzige Vorstellung, die von der Wahrheit nicht weiter entfernt sein könnte.

Gleichzeitig bin ich wahnsinnig erleichtert, dass er genau das eben nicht von mir hören will.

»Gott, nein! Ich war nur neugierig! Ich finde das voll gut, so wie es ist! Ich ...«

Chain ...

Fuck, wo kommt das denn jetzt her?!

»Du ...?« Die Erleichterung steht ihm ins Gesicht geschrieben, ebenso wie jetzt auch seine Neugier.

»Ich ... ahm ...«, stammle ich, weiß nicht, ob es nicht vielleicht viel besser wäre, einfach den Mund zu halten.

»Also gibt es schon jemand anderes? Du bist aber nicht vergeben, oder?«, fragt er und ich schüttle entschieden den Kopf.

»Ne, Quatsch! Es ist nur ... Also, da ist dieser Kerl ...«, fange ich schließlich doch an, auch, wenn ich ein komisches Gefühl dabei habe.

Er rutscht herum und setzt sich bequemer hin.

»Aha?« Er grinst übers ganze Gesicht und irgendwie ist das ein bisschen grotesk, wenn man bedenkt, dass wir gerade ziemlich guten Sex hatten. Das stört ihn anscheinend echt kein Stück und mich erleichtert das ziemlich!

»Ja ... also ... es ist ein bisschen kompliziert ...« Wie erklärt man denn sowas?

»Hat er dich abblitzen lassen?« Ich beschieße ihn mit beleidigten Blicken, woraufhin er aber nur unschuldig die Schultern zuckt. »Ja, keine Ahnung, was heißt bei dir denn kompliziert? Weiß er nicht, dass du ihn gut findest?«

»Das ist ... also ... Im Prinzip kennen wir uns nicht mal richtig. Also, wir haben uns noch nie gesehen«, gestehe ich und komme mir direkt bescheuert vor. Internetbekanntschaften, die zur heimlichen Liebe werden. Sowas passiert doch nur verzweifelten Spinnern ... Na ja, und mir, offensichtlich.

»Hä? Wie - aah, Internet?« Okay, jetzt ist es mir wirklich so richtig peinlich und ich bereue, überhaupt davon angefangen zu haben.

»Ja ... Aber nicht jetzt Facebook, oder irgend ne Flirtapp!«, stelle ich klar.

»Okay, was dann?«

»Also ... Kennst du RPGs?« Er lacht auf und winkt ab.

»Ich bin Cosplayer, klar kenne ich RPGs!«, sagt er, als wäre das wirklich total logisch.

»Na, ob das so klar ist«, lache ich, kratze mich unsicher am Kopf und setze mich ebenfalls auf. Ich komme mir sonst doof vor, so dazuliegen und zu ihm hochzusehen.

»Ja, gut, vielleicht kennen das nicht alle Cosplayer, aber der Großteil weiß, was das ist, und viele spielen regelmäßig.«

»Du auch?«, frage ich neugierig, denn dann würde ich mich vielleicht doch ein bisschen besser fühlen und nicht so … freakig.

»Hin und wieder. Aber nicht so oft. Ist nicht einfach, gute Playpartner zu finden.«

»Stimmt wohl.« Wem sagt er das …

»Okay, also du und dieser Kerl, ihr schreibt RPGs?«

»Jap. Seit etwa eineinhalb Jahren.«

»Wow, das ist ganz schön lang! Und ihr habt euch nie gesehen? Nicht mal ein Bild oder so?« Immerhin klingt er nicht, als würde er sich über mich lustig machen. Im Gegenteil, er wirkt total interessiert und das macht es mir einfacher, weiter zu erzählen.

»Nope. Er wollte nicht. Also, will nicht. Aber vor ein paar Tagen ist was passiert und ich hab ihm meine Nummer geschickt, einfach weil ich's zumindest versuchen wollte, und inzwischen hab ich jetzt auch seine, aber ... Also, er hat mir ne Sprachnachricht geschickt, nachdem wir nen Lemon hatten. Als wir selbst.«

Nick nimmt erneut die Wasserflasche und trinkt.

»Das klingt doch gut!«, brummt er dann und wischt sich über den Mund.

»An sich ja, vor allem, weil in der Sprachnachricht zu hören war, wie er es sich selbst macht.« Er verschluckt sich fast, als er loslacht.

»Oh Gott, wie geil!«

»Ja, Mann!« Allein die Erinnerung daran beschert mir ein ziemlich nettes Kribbeln in meinem Schritt.

»Und warum bist du dann so down?«

»Weil er sich seitdem nicht mehr gemeldet hat. Das ist so ... Weißt du, die ganze Zeit über hat er mich auf Abstand gehalten, weil er meinte, er will nichts Persönliches. Dann haben wir endlich mal bisschen mehr Privates geschrieben, er wurde ein bisschen offener und jetzt ... Jetzt schreibt er nicht mehr. Weder per WhatsApp noch im RPG. Ich will ihn nicht ständig nerven, aber ich verstehe nicht, warum nichts mehr kommt!«

»Liest er die Nachrichten denn? Kann ja sein, dass er sein Handy verloren hat und der Laptop kaputt ist.« Ach, das ist echt schon nett, wie er versucht, mich zu trösten. Auch wenn's immer noch echt merkwürdig ist, dass ich ihm jetzt, nachdem wir Sex hatten, die Ohren wegen Chain vollheule.

Meine Mundwinkel hängen irgendwo auf Höhe meiner Schultern, während ich den Kopf schüttle.

»Am Laptop hat er keinen Zugriff auf die Seite, kann gerade nur übers Handy und die Nachrichten liest er. Er antwortet nur nicht.«

»So ein gemeines Arschloch«, schnaubt Nick und legt mir tröstend die Hand aufs Knie.

»Jap ... und ehrlich gesagt ... also, ich würde nicht so weit gehen, zu sagen ich bin verknallt, das ist Blödsinn, aber ... Also, ich mag ihn halt echt gern und das tut schon bisschen weh, weil ich echt nicht weiß, was ich gemacht habe, dass er sich nicht mehr meldet. Vielleicht hat er ja auch einfach keinen Bock mehr auf mich und spielt jetzt mit jemand anderem?« Allein der Gedanke tut echt weh.

»Nah, das glaub ich nicht! Ne Sprachnachricht mit einem Orgasmus schickt man nicht einfach irgendwem!«, erklärt er überzeugt und ich wiege nachdenklich den Kopf.

»Ne, er meinte, ich bin sein einziger Playpartner.«

»Hm. Wo spielt ihr denn?« Ich sage ihm die Seite und er lacht und nickt. »Da bin ich auch! Sein Nick?«, will er dann direkt wissen.

»Chain. Was tust du?« Verwirrt sehe ich zu, wie er sich aus dem Bett lehnt, um an seine Hose zu kommen. Er braucht zwei Anläufe, bis er sein Handy aus der richtigen Tasche gezogen hat.

»Ich schreibe ihn an«, gibt er dann verspätet zurück, als er wieder bequem liegt.

»Warum?«

»Um zu testen, ob er treu ist?« Er lacht mich aus und ich bin noch irritierter.

»Und was soll das bringen?« Davon abgesehen, dass er mir immer noch zu nichts verpflichtet ist.

»Na, wenn er drauf eingeht, hat er dich angelogen und nicht verdient, dass du ihm nachheulst. Und wenn er mich abweist, liegt's wahrscheinlich nicht an dir, dass er arschig ist«, erklärt er mit einem lässigen Schulterzucken.

»Hm ...« So unrecht hat er gar nicht. Jetzt werde ich auch neugierig, rutsche zu ihm rüber und gucke ihm über die Schulter, während er sich einloggt und dann nach Chain sucht.

Sein Name ist MrBoombastik69. Passt irgendwie.

»Sooo ... Ich frage ihn einfach mal, ob er Lust auf ein Spiel hat. Was schreibt ihr so? Ist wahrscheinlich besser, wenn ich ihm gleich nen Plot anbiete, der für ihn grundsätzlich interessant klingt. Warum hat der Depp so ein lahmes Profilbild? Und ungefähr gar keine Infos in seiner Biografie? Wie habt ihr euch bitte gefunden, wenn er quasi nicht existiert?« Ungläubig schüttelt er den Kopf.

»Ich war auf der Suche nach einem neuen Playpartner und er war neu. In seinem Profil stand, dass er nach Tops sucht und ich hab ihn einfach angeschrieben und dann haben wir angefangen RPGs zu schreiben.«

»Ah. Und, worauf steht er?«

Ich werde ein bisschen sehr rot und komme mir sehr pervers vor, als ich an unser vorletztes RPG mit der Entführung denke.

»Öhm ... na ja, also ... eh ...«

»Ja? Komm schon, schlimmer als die ganzen versauten Hardcore-Freaks, die auf der Seite rumschwirren und nur ficken wollen, kann's nicht sein!«, lacht er, mustert mich neugierig von der Seite.

»Na jaaaa …« Gott, ist das peinlich!

»Oh ... Schreibt ihr nur Porn?« Er muss sich ziemlich offensichtlich das Lachen verkneifen und ich boxe ihn fest gegen den Oberarm.

»Arschloch, nein! Also, nicht nur! Wir schreiben auch Plot, nur halt ... Etwas härter ...« Die letzten zwei Worte schiebe ich zwischen meinen Zähnen durch, aber er versteht mich dennoch und lacht wieder.

Er ist echt ein Arsch! Mir ist das peinlich. Wir kennen uns noch nicht so lange, als dass ich das einfach so frei sagen kann!

»Aaaaaah, okay, ich weiß Bescheid!« Mein Gesicht ist inzwischen dunkelrot, das spüre ich. »Also gut, Plot, Plot, Plot ... uhm ...«

Neugierig lehne ich mich gegen ihn und lese mit, was er sich mal eben so ausdenkt.

Das klingt nicht mal schlecht ...

»Haha, das würde ich sogar spielen wollen«, lache ich, als er fertig ist und seinen Plot zusammen mit einer kurzen Begrüßung und Einladung an Chain schickt. Ich bin ein bisschen nervös. Mein Magen fühlt sich auch nicht so gut an, wobei ich nicht sicher bin, ob das von der Sorge kommt, dass er drauf eingehen könnte, oder davon, dass ich ihn teste.

»So ... Na, ich bin ja gespannt«, brummt Nick, legt sein Handy weg und sieht mich an.

»Ich auch. Das ist eigentlich voll mies, was wir da machen.«

»Jein. Ich meine, du willst ja nur wissen, woran du bist. Du sollst ihn ja nicht drauf ansprechen oder so, er ist dir ja auch zu nichts verpflichtet. Das ist nur für dich, damit du etwas mehr Klarheit hast, okay?«

»Hm ... so gesehen ...« Er hat schon recht … Aber richtig ist es dennoch nicht.

»Man kann sich alles schön oder schlecht reden, aber ich finde da jetzt nichts Schlimmes dran. Entspann dich, okay?« Er lächelt mich offen an und tatsächlich löst sich der Knoten in meinem Magen. Zumindest ein bisschen.

»Hast ja recht. So, und was machen wir jetzt noch?« Ich schicke ihm einen ziemlich eindeutigen Blick, lehne mich zu ihm und er kommt mir direkt entgegen. Unsere Lippen treffen sich und mein Kopf gibt endlich Ruhe, als ich meine Zunge in seinem Mund habe, wo sie zufrieden mit seiner spielen kann.

Irgendwann gegen elf verabschiedet sich Nick und ich bleibe allein in meinem Bett liegen. Vergeblich versuche ich, mich zu motivieren, duschen zu gehen.

Ich muss und ich will, aber bewegen ist gerade blöd. Träge taste ich nach meinem Handy. Immer noch nichts von Chain. Der Sack ...

»Mann, dann geh ich halt«, maule ich mich selbst an und rolle mich ächzend aus dem Bett.

Ich glaube, so viel Sex ist nicht gesund. Und wenn's mir schon so geht, will ich nicht wissen, wie sich Nicks Arsch grade anfühlt. Also, ich war schon vorsichtig, wir hatten auch ausreichend Vorbereitung, aber trotzdem ...

Na ja, beschwert hat er sich nicht! Müde tapse ich ins Bad, stelle mich unter die Dusche und hasse mich ein bisschen selbst, weil meine Gedanken schon wieder zu Chain wandern.

Was ist kaputt bei mir, dass ich mich freiwillig so quäle?

Ich habe den Kerl noch nie gesehen! Ich weiß nicht mal, wie er aussieht - auch wenn ich mir ziemlich sicher bin, dass er schwarze Haare hat -, und dennoch denke ich fast 24/7 an ihn, das ist doch nicht mehr normal.

Sauber und kein Stück munterer kippe ich ein paar Minuten später das Fenster und schmeiße mich wieder ins Bett. Hier riecht es extrem nach Sex. Laken wechseln hätte sicher auch nicht geschadet, aber nope, zu platt. Fast automatisch greife ich wieder nach meinem Handy.

Eine neue Nachricht.

Ein Elektroschock würde mein Herz nicht schneller zum Rasen bringen.

Von Nick. Mist.

Er hat ein Bild geschickt. Oh Gott, was, wenn ... Will ich das überhaupt sehen?

Für einen Moment überlege ich ernsthaft, mein Handy einfach wegzulegen, aber dann schaffe ich es doch nicht. Meine Neugier siegt. Und mein Masochismus wahrscheinlich auch.

Seufzend entsperre ich das Handy und tippe auf den Chat. Es ist ein Screenshot und ich erkenne sofort die Farben und den Aufbau der RPG-App. Oh Gott, ich will das nicht lesen!

Aber natürlich tue ich es doch. Mein Herz klopft irgendwo zwischen meinem Hals und den Ohren und meine Finger zittern sogar ganz leicht.

Von Chain
An MrBoombastic69:
Kein Interesse.

Er ... Oh Gott, er ist so ein unhöflicher Pisser! Kein Hallo, kein Tschüss, einfach nur bäm, in your face!

Und gleichzeitig kann ich nichts dafür, dass es in meinem Magen aufgeregt kribbelt. Wilde Freude breitet sich in meinem gesamten Körper aus und entlädt sich in einem überlauten »Yeah!«

Er hat ihn abblitzen lassen! Mein Handy leuchtet, als noch eine Nachricht eingeht, wieder von Nick.

›Das ist ungefähr die arschigste Abfuhr, die ich je bekommen habe! XD Ich fühle mich grade echt hart ungeliebt! T-T‹

Mein Grinsen könnte breiter nicht sein.

›Also, ich finde, ich hab dich heute ziemlich ausreichend geliebt! XD‹, tippe ich grinsend.

›Hast du! XD Aber er ist echt ... Redet der mit dir auch so?‹

Ich verziehe das Gesicht.

›Meistens ...‹

›Oo Dafuq? Und darauf stehst du?‹

Ich schnaube leise. Ist doch wohl mein Bier.

›Ja neee, er kann auch anders! Er kann voll lieb sein!‹

›Kann er?! XD‹ Er macht sich lustig über mich!

›Okay, nicht voll lieb, aber nett. Und heiß. Fuck, vor allem heiß!‹ Das ist auch definitiv nicht gelogen!

›Ja, ja, ja, ich versteh schon. Immerhin hast jetzt ne Antwort auf die Frage, ob er nur mit dir spielt‹, schreibt er dann und ich nicke, auch wenn er es nicht sieht.

›Jop, danke! Echt Mann! Ich bin jetzt aber pennen, hab morgen früh nen Kurs. Nacht!‹

›Kay, wir schreiben, Nacht!‹

Natürlich kann ich es nicht lassen, nochmal den Screenshot anzuglotzen. Und schaffe es tatsächlich, sogar trotz der Abfuhr, ein bisschen eifersüchtig zu sein, denn ihm hat Chain immerhin geantwortet. Und das auch noch relativ schnell. Was tut er auf der Seite, wenn er eh nicht spielen will?

Außer er hat einen neuen festen Partner. Aber so schnell? Eigentlich glaube ich das nicht. Wider besseres Wissen öffne ich die App und gehe in den Chat, lese unsere letzten Posts und meine Versuche, ihn zum Schreiben zu bewegen. Ob ich einfach nochmal ...?

(Flynn: Hey, lange nichts von dir gelesen, dachte, ich melde mich und lasse Grüße da, bevor ich jetzt schlafen geh. Meld dich! X3)

Lange nicht gelesen ... Zwei Tage ist eigentlich nicht lange ... Egal. Für mich ist es zu lange.

So, und weil es jetzt eh schon egal ist, kopiere ich den Post und füge ihn bei WhatsApp ein, schicke ihm da auch noch ne Nachricht, dann lege ich endgültig das Handy weg und versuche, zu schlafen. Dämlicher Kerl ...

***

Am nächsten Morgen fühle ich mich nicht wirklich wacher als am Vortag. Im Gegenteil. Ich fühle mich, als hätte mich ein Zug überfahren. Ein Nicklas-Sex-Zug ...

Ein träges Grinsen schafft es bis in meine Mundwinkel. Ich rolle mich ächzend herum und drücke mein Gesicht ins Kissen. Fuck, ich will nicht aufstehen! Warum sind meine Vorlesungen fast immer morgens? Wer hat sich das ausgedacht?

»Schaaatz, bist du wach? Wenn du willst, kannst du noch mit uns frühstücken«, höre ich Mum nach mir rufen.

»Jaa!«, jaule ich leidend, versuche, mich etwas zielführender zu bewegen, so Richtung Bettkante, aber der einzige Körperteil, der es sogar über die Bettkante hinausschafft, ist meine Hand, die auf dem Nachttisch blind nach meinem Handy tastet. »Boah meine Beine ...«, brumme ich, drehe mich jetzt doch um und lasse mir erst mal mein Handy ins Gesicht fallen. Fuck ... aber ich hab neue Nachrichten!

Meine Nase tut ein bisschen weh, aber das hält mich nicht auf. Ich entsperre, öffne WhatsApp und bekomme fast einen Herzinfarkt.

Antwort! Von Chain! Oh Gott!

Also, auch jeweils eine Nachricht von Hannah und Tim, aber oh mein Gott!

Natürlich öffne ich Chains Chat zuerst und schäme mich ein bisschen, dass ich direkt Herzrasen habe, und zwar nicht zu knapp! Wach bin ich jetzt definitiv!

›Ich melde mich schon, wenn ich Zeit habe, du musst nicht spamen.‹

Autsch ... Boah, der Arsch! Das war kein Spam, hallo?!

Sofort wandelt sich das Hochgefühl von eben in ein unangenehmes Drücken in der Magengegend.

Natürlich schreibe ich zurück, was auch sonst.

›Na, wenn du Arsch dich nicht mehr melde-

Nein, wenn ich das so schreibe, kommt am Ende gar nichts mehr. Ich lösche den Text.

›Sry, ich hab dich halt vermisst ...‹

Kurz bevor ich abschicke, wird mir bewusst, dass er darauf wahrscheinlich erst recht nicht antworten wird. Oh Mann ey! Dritter Versuch!

›Dachte, du hättest mich vergessen xP‹

Jo, das geht. Ich schicke ab und antworte noch schnell Tim und Hannah, dann schwinge ich mich aus dem Bett.

Da kommt die nächste Nachricht. Von Chain.

Mein Herz macht einen unsicheren Satz und schlägt dann kräftig und sehr glücklich gegen meine Rippen, als ich seine Antwort lese:

›Das ist kaum möglich, keine Sorge‹

***

Es ist Samstagabend. Ich sitze mit Tim und Nick in einer Bar und schlürfe meinen zweiten Cocktail.

Gott, die Dinger sind so gut! Noch einen und ich bin blau ...

»Okay, und was genau machst du da?«, fragt Tim gerade Nick, der eben von seinem Hobby erzählt hat.

Ich bin davon übrigens immer noch fasziniert ohne Ende! Momentan sprechen sie über Conventions.

»Na ja, ich laufe mit meinen Freunden über das Gelände und lasse mich fotografieren, oder wir hocken einfach nur irgendwo und reden, das ist ganz unterschiedlich. Je nachdem, auf welcher man ist, werden auch Filmstars oder bekannte Cosplayer aus dem Ausland eingeladen. Wer will, kann sich Workshops ansehen, wie man zum Beispiel mit den verschiedenen Materialien umgeht, die man für den Waffenbau braucht, oder Hilfe beim Perückenstyling. Ach ja, und man kann sich an Merch quasi totkaufen. Die haben da alles, von Batman-Lampen über Pikachu-Pullover zu Schlüsselanhängern von Zelda«, erzählt er und lächelt.

»Aha ... Hast du auch Fotos von dir im Cosplay? Ich kann mir das irgendwie nicht so vorstellen ...« Tim klingt sogar überraschend interessiert! Hätte ich so gar nicht erwartet.

»Klar, Sekunde!« Nick tippt auf seinem Handy herum und dann zeigt er Tim ein paar Aufnahmen, die ich aber eh alle schon kenne.

»Okay ... Das sieht echt geil aus! Hammer!«, haucht Tim beeindruckt und ich freue mich, obwohl es mich ja gar nicht betrifft!

»Danke! Macht auch echt Spaß!« Nick strahlt übers ganze Gesicht.

»Und muss das immer so aufwändig sein?«

»Nö, ich hab auch Cosplays ohne Rüstung, wenn mir der Charakter extrem gut gefällt. Legolas aus ›Herr der Ringe‹ zum Beispiel. Da musste ich ein bisschen mehr Geld in die Perücke investieren. Die war echt scheiße teuer!«

»Lol, ich dachte, das machen nur Frauen? Also bescheißen, bei den Haaren!«, lacht Tim. Nick und ich lachen mit.

»Nicht in der Szene! Da ist das ganz normal.«

»Wie viele Perücken hast du?«, will Tim wissen.

»Öh ... viele?« Nick überlegt kurz. »Ich glaube ... So um die zwanzig. Aber kommen immer wieder neue dazu. Für eine Con in zwei Monaten hab ich mit zwei Kumpels eine Final Fantasy XV Gruppe geplant, leider fehlt uns noch Prompto, aber -«

»Oh mein Gott, ich will!«, platze ich voll dazwischen und werfe mich dabei fast auf den Tisch. Beide sehen mich verwirrt an, dann lacht Nick.

»Dein Ernst?« Er sieht nicht abgeneigt aus, nur überrascht.

»Fuck ja! Ich liebe Final Fantasy! Und Prompto ist so geil!«

»Okay? Ja, warum nicht? Ich denke, der könnte ganz gut an dir aussehen.«

Ich bin total hibbelig und aufgeregt!

»Also, kann ich mit?« Fuck, wenn er mich verarscht, bereut er das!

»Öh ... Ja klar, von mir aus.«

»Yeah! Hilfst du mir dann mit dem Cosplay?«

»Klar! Bin selbst mit meinem Noctis noch nicht mal ansatzweise fertig.«

»Oh mein Gott, du machst Noctis?! Nur mal so nebenbei ... Ich find die voll geil zusammen, also eventuell häng ich dir dann dauerhaft am Arsch!«, erkläre ich, bin jetzt endgültig vollkommen aus dem Häuschen, weil ich das einfach nicht fassen kann!

»Haha, nicht schlimm, ich shippe die auch, von daher ...« Lächelnd winkt er ab.

»Shippen?«, fragt Tim dazwischen.

»Ja, halt ... Ich find die als pair geil.«

»Ah, na, dann passt es ja für euch.« Grinsend wendet Nick sich wieder an mich.

»Wenn du auf der Con an mir klebst, werden die Fangirls wahrscheinlich sterben. Zumindest wenn du nur halb so gut aussiehst, wie ich's mir vorstellen könnte ...«

»Mir egal, ich freu mich!« Und wie! Das ist der Wahnsinn!

Erst, als er mir sagt, dass die Convention knapp 300 Kilometer von hier entfernt ist und zu dem Cosplay, das wahrscheinlich nicht ganz billig wird, noch Fahrt, Hotel und Eintritt dazu kommen, dämpft sich meine Begeisterung etwas. Das wird ganz schön teuer ...

Dennoch! Ich will das! Ich fand sein Hobby von der ersten Sekunde an faszinierend und ich muss mich dann halt ein bisschen am Riemen reißen. Oder ich frage Viktor, meinen Chef, ob ich ein paar Stunden mehr arbeiten kann, das wird schon!

Tim macht sein Glas leer.

»Okay, Jungs, wie sieht's jetzt aus?«

»Also, von mir aus können wir«, sage ich, exe meinen restlichen Cocktail und sehe auf mein Handy, das eben aufgeleuchtet hat. Hannah hat gerade geschrieben.

»Hannah ist jetzt auch zu nem Ergebnis gekommen«, füge ich an, nachdem ich ihre Nachricht gelesen habe.

»Okay, wo will sie hin?«, fragt Tim, während auch Nick sein Glas leer trinkt. Wir waren uns bis jetzt noch nicht schlüssig, wohin wir heute feiern gehen wollen. Aber Hannah hat uns die Entscheidung abgenommen.

»Ins Amadeus. Die haben 90er Party und alle Shots gibt's zum halben Preis.«

»Klingt nach nem verdammt guten Plan«, brummt Nick.

»Allerdings! Vor allem, da ich jetzt sparen muss!«, lache ich und winke der Kellnerin.

»Oh, ja, Cosplay ist ein teures Hobby«, seufzt Nick, aber meine Euphorie dämpft das kein Stück.

»Egal, ich freu mich!«

»Ich mich auch, ohne Scheiß. Die Leute werden so auf dich abgehen«, sagt er und klingt dabei so ehrlich aufgeregt, dass es richtig in meinem Bauch kribbelt.

»Ich bin so gespannt!« Grinsend greife ich wieder nach meinem Handy und schreibe Hannah zurück.

›Geht klar, wir kommen auch hin. Wer ist bei euch alles mit am Start?‹

›Celina, Thomas, Dominik, Karin, Laura und Schatz.‹ Prompt verziehe ich das Gesicht. Warum geht der Idiot überhaupt mit? Der wird den ganzen Abend in der Ecke stehen und an einem einzelnen Bier nuckeln, und Hannah wird alle fünf Minuten zu ihm rennen, weil sie ein schlechtes Gewissen hat, wenn sie mit uns Spaß hat und er nicht. Mann ey.

»Alles okay?«, will Nick wissen, beugt sich aber nicht näher, um mitzulesen. Find ich gut, ich mag sowas nämlich gar nicht.

»Ja ... Leon kommt auch«, brumme ich unzufrieden und auch Tims Mimik verrutscht für einen Moment.

»Ihr mögt den nicht sonderlich, kann das sein? War da mal was?«, hakt Nick nach.

»Ne, nicht direkt. Er ist halt einfach ein Idiot, der nicht wirklich in die Gruppe passt und Hannah ... na ja, sagen wir, sie hat nie viel Spaß, wenn er mit dabei ist, weil sie dann zur Glucke mutiert.« Die Bedienung kommt und wir zahlen, stehen dann auf und drängen uns durch die jetzt richtig volle Bar nach draußen. Zum Amadeus sind es von hier nur fünf Minuten zu Fuß.

»Okay ... Aber daran ist sie dann ja selbst schuld. Oder will er das so?«

»Ich glaube, niemand weiß, was Leon von Falkenberg will. Wahrscheinlich nicht mal er selbst. Meine Theorie ist, dass er ein Tageskontingent von etwa fünfzig Wörtern und drei verschiedenen Gesichtsausdrücken hat, und wenn das aufgebraucht ist, gibt's nur noch menschlichen Toast.« Nick und Tim fangen an zu lachen und ich grinse mit. Aber ist doch wahr, ich finde, ich hab voll Recht!

Ich checke nochmal mein Handy. Oh, neue Nachricht von Chain! Nur leider kann ich mich gerade nicht mal richtig freuen. Scheiß Timing.

›Lust zu spielen?‹

Aaah, da ist jemandem langweilig! Zu schade …

›Lust ja, Zeit nein, bin mit Kumpels unterwegs. Morgen? Wenn ich wieder lebe? XD‹

Die Antwort kommt relativ schnell.

›Kk, trink nicht zu viel.‹ Awww, das ist ja fast schon fürsorglich!

›Keine Sorge, ich kenne mein Limit. Meistens xP‹ Dann kommt nichts mehr und ich stecke mein Handy wieder in die Gesäßtasche.

»Können wir?«

»Jop, auf mit uns!«, sagt Nick und kurze Zeit später sind wir am Club. Während wir noch in der Schlange stehen und da schon ziemlich viel Spaß haben, trudeln auch die Anderen ein. Ich drücke alle kurz, außer Thomas und Leon. Leon aus den bekannten Gründen und Thomas … Der ist einfach nicht so der Typ dafür, aber wir kommen super gut klar. Seit gut fünf Jahren sind er und seine Freundin Laura mit in unserer Clique.

»Jo, willst du n Schluck!«, lacht Dominik und hält mir eine geöffnete Packung Kirschsaft hin, aus der es verdächtig nach billigem Wodka riecht. Dominik kenne ich noch nicht so lange. Leon hat ihn und dessen Freundin Karin mit in unseren Freundeskreis gebracht und witzigerweise unternehmen sie inzwischen mehr mit uns als mit Leon selbst.

»Fuck ja, ich hab noch nicht den Pegel, den ich für heute haben wollte!«, lache ich, nehme einen großen Schluck, reiche die Packung dann an Nick und Tim weiter.

»Dominik, du Idiot, du sollst nicht die halbe Schlange damit versorgen!«, meckert Karin direkt los, kommt aber dennoch zu mir, um mich zu umarmen. Sie riecht nach Vanille und Zimt und ich würde es nie zugeben, aber ich liebe ihre naturroten Haare! Sie lässt mich los und keift weiter ihren Freund an. »Wir hätten doch die zweite Packung auch mitnehmen sollen!«

Die zwei sind im Prinzip nur am Streiten. Oder Vögeln. Wobei ich mir sicher bin, dass sie selbst dann noch streiten. Und außerdem glaube ich manchmal, dass Karin auf Leon steht. Hannah hat mich mal drauf aufmerksam gemacht und dann ist es mir auch aufgefallen, dass sie, wenn wir alle gemeinsam unterwegs sind, ziemlich auffällig seine Nähe sucht. Erschwerend kommt dazu, dass die beiden in der Uni viele gemeinsame Kurse haben.

Hach ja ... Ich bin so froh, dass ich solche Probleme nicht habe, und grinse zufrieden, als Nick sich von der Seite gegen mich lehnt und mich träge angrinst.

»In dem Laden hatte ich schon Sex auf dem Klo«, säuselt er mir ins Ohr. Sofort erwidere ich sein Grinsen, wenn auch um einiges dreckiger.

»Aha ... Was soll mir das jetzt sagen?«

»Ist ne reine Info, mehr nicht«, flötet er unschuldig, dann nimmt er von Tim den Saft entgegen und trinkt provokativ einen großen Schluck, bevor er ihn der leise knurrenden Karin zurückgibt.

»Danke.«

»Fick dich«, mault sie und ich lache, weil ich weiß, dass sie das nicht ernst meint und dann noch lauter, als sie sich mit einem gehauchten »Leoooon« umdreht und ihm die Packung halb ins Gesicht drückt.

Hannah stellt sich neben mich. Wir alle rücken in der Schlange vor. »Irgendwann erschlag ich das Weib«, murrt Hannah mir ins Ohr. »Den ganzen Abend geht das schon so!«

»Ja, aber er lässt sich ja nicht drauf ein«, versuche ich, sie zu beruhigen und es stimmt ja auch: Leons Blicke für Karin sind so frostig, dass einem Winter in Alaska wie das reinste Urlaubsparadies erscheint. Noch mehr Ablehnung geht nicht, ohne etwas zu sagen.

»Ja, ich weiß. Trotzdem ...«

»Maul nicht rum! Wir tanzen nachher und machen deinen Liebsten ein bisschen eifersüchtig und dann habt ihr nachher noch tollen Sex und die Welt ist wieder in Ordnung!«

»Hm ...«, brummt sie unzufrieden und ich kann ja verstehen, dass sie genervt ist, aber wir sind jetzt zum Feiern hier, nicht um Trübsal zu blasen!

»Ach komm, schmoll nicht«, lache ich und ziehe sie in eine feste Umarmung. »Das wird ein genialer Abend!«

Und das wird er tatsächlich!

Gesammelt stürmen wir den Club und schlagen uns erst mal zur Theke durch, wo es eine doppelte Runde Tequila für alle gibt! Sogar Thomas und Leon trinken mit, was ich bei Letzterem im Leben nicht erwartet hätte, erst recht nicht, als wir den zweiten als Bodyshot trinken und wir alle johlend Zeuge werden, wie Leon seiner Liebsten das vom Hals weggebröselte Salz - natürlich erst nach mehrfacher Aufforderung, aber immerhin! - halb von ihren Möpsen leckt.

Ich glaube, der hat auch schon ziemlich vorgeglüht, sonst würde der das auf keinen Fall machen. Aber das gefällt mir. Das ist das erste Mal, dass er sich so auf uns und das Feiern an sich einlässt. So kenne ich ihn nicht, aber je mehr ich von dem angetrunkenen Leon sehe, desto besser gefällt er mir. Vielleicht sollte ich ihm einfach doch nochmal ne Chance geben?

»Geile Aktion«, rufe ich deswegen und boxe ihm freundschaftlich gegen die Schulter. Dafür bekomme ich von Hannah einen dankbaren, fast schon begeisterten Blick und irgendwas von ihm, was nicht so glücklich aussieht, aber ich glaube, da ist der Tequila schuld, also ist das okay. Der bringt mein Gesicht auch oft genug dazu, sich in die unmöglichsten Winkel zu verziehen. Außerdem bezweifle ich, dass Leon auch nur ansatzweise so oft Tequila trinkt wie ich, und ist entsprechend auch nicht an den ziemlich herben Geschmack gewöhnt. Aber er hält sich tapfer und das sollte gewürdigt werden.

»Danke«, antwortet er tonlos und ich beschließe: Wenn er den Abend über cool bleibt, vielleicht verstehen wir uns dann ja doch irgendwie mal besser. Ich verspreche nichts, aber Hannah zuliebe strenge ich mich an, jawohlja! Die Welt kippt leicht zur Seite und ich muss einen schnellen Schritt nach rechts machen. Hoppla, ich glaube, ich bin schon blau ...

»Kein Ding!«, plärre ich zurück, schmeiße meinen Arm um seine Schulter und zerre ihn näher zur Theke. »Noch zwei!«, schreie ich der Bedienung zu. »Aber keine Bodyshots!«, füge ich lachend an und zwinkere Hannah zu, die glücklich danebensteht. Ich weiß, dass es ihr extrem viel bedeutet, wenn wir beide miteinander klarkommen.

»Davon bin ich ausgegangen«, kommt sogar eine Antwort von Leon. Plötzlich verzieht er das Gesicht und hält sich eine Hand vor den Mund.

»Du musst aber nicht jetzt schon kotzen, oder?«, lache ich und er schüttelt den Kopf.

»Nein, ich musste nur aufstoßen ...«

»Ist echt widerlich mit Tequila im Magen!«

»Allerdings.«

Doch mein Mitgefühl hält mich nicht davon ab, auf diese Runde zu bestehen.

Dann haben wir auch schon die beiden Shots vor uns stehen. Ich zahle und schiebe ihm seinen hin, bevor ich meinen nehme. Ungeschickt lecke ich mir über den Handrücken. Leon bestreicht ihn mit der Zitrone. Was für eine langweilige, aber voll innovative Idee! Ich streue das Salz aus dem Päckchen drüber und halte ihm das Glas sehr breit grinsend entgegen.

»Auf Hannah!«

»Auf Hannah«, erwidert er, wesentlich weniger enthusiastisch, aber er macht immerhin mit und wir kippen die zwei Gläser. Fuck, der Vierte brennt noch genauso ekelhaft wie der Erste.

»So, jetzt ist aber Ende, sonst bin ich in fünfzehn Minuten so blau, dass der Abend für mich gelaufen ist!«, lache ich, dann habe ich plötzlich Hannah an meinem Hals hängen.

»Danke! Ich hab dich lieb!«, trällert sie an meinem Ohr und ich drücke sie ganz fest an mich.

»Ich dich auch, und gerne!« Ich schiebe sie rüber zu Leon, der schon wieder komisch guckt, aber nichts dazu sagt. »Da, deins!«, grinse ich breit, sehe mich kurz suchend um und fische mit einer Hand nach Nick, der rechts von mir steht und sich grade mit Tim und Dominik unterhält, erwische ihn aber nicht.

»Ich weiß.« Maaaann, für die Antwort hätte er direkt wieder einen Klaps auf den Hinterkopf verdient, aber gut, er ist halt, wie er ist. Dann kann er eh nichts mehr sagen, weil Hannah ihn küsst. Ich schlängle mich an Thomas und Laura vorbei und fange schon auf dem Weg an, zur Musik zu wackeln, bis ich hinter Nick stehe und ihn dann richtig antanze.

Grinsend unterbricht er das Gespräch und dreht sich halb zu mir um.

»Hi.«

»Hallo, hübscher junger Mann, sind Sie öfter hier«, flöte ich, lege meine Hände auf seine Hüfte und gleiche unsere Bewegungen an.

»Ja, aber meistens bei den Toiletten«, sagt er grinsend und ich lache kurz, dann beiße ich ihn ins Ohr.

»Sie sind ganz schön verrucht ...«, hauche ich leise und er gluckst amüsiert.

»Ich bin noch sehr viel mehr!«

»Glaub ich sofort! Tanzen?«

»Tanzen!«, johlt er zufrieden und löst sich von mir.

»Kommt noch wer mit tanzen?«, rufe ich in die Runde und tatsächlich folgen uns alle zur Tanzfläche. Wir finden am Rand einen Platz, wo wir alle zusammenbleiben können, und dann muss ich mich erst mal eisern beherrschen, um nicht weinend vor Lachen auf der Tanzfläche zusammenzubrechen, als ich sehe, was

Thomas und Laura neben uns aufführen. Beide haben einfach mal null Rhythmus und immer wieder meckert Laura ihn an, wenn er ihr auf den Füßen herumsteigt. Zu geil, die beiden, ich sterbe!

Tim und Dominik sind am Rumblödeln, während Celina und Karin sich offenbar einen Wettkampf liefern, wer die sexiesten Moves draufhat und Hannah und Leon ...

Aaawww, obwohl er immer noch ein bisschen blöd ist, sehen sie richtig süß aus zusammen. Okay, das würden sie, würde Leon nicht ein Gesicht machen wie sieben Tage Regenwetter - wobei, Tornado passt da besser. Aber so ist er halt. Und wenn Hannah damit glücklich ist, reicht das ja.

»Ich mag deine Freunde«, summt Nick jetzt an meinem Ohr. Gerade tanzen wir relativ normal, haben also ausnahmsweise keinen Sex auf der Tanzfläche.

»Sie sind echt toll! Vor allem Tim und Hannah!«, gebe ich zurück, versuche eine gewagte Drehung und werfe dabei fast Dominik um, der uns lachend auffängt.

»Alter, was war das!«

»Das sollte mal cool aussehen!«, erkläre ich glucksend.

»Hätte es vermutlich auch. Bei jemand anderem.«

»Du Arschloch!«, meckere ich, wuschle Dominik durch die halblangen hellbraunen Haare und sammle mich dann wieder ein, um den halben Schritt zu Nick zurückzugehen. »Sag, dass das cool aussah!«, verlange ich, bemühe mich dabei, ernst auszusehen, was aber eher weniger gut klappt.

»Es sah wahnsinnig cool aus!« Dass Nick dabei grinst, macht seine Behauptung nicht glaubwürdiger.

»Dein Gesicht sagt, dass du lügst!«, maule ich gespielt beleidigt.

»Ich kann nicht gehorchen und gleichzeitig ehrlich sein, wenn du hier so rumfliegst!«, lacht er und ich ziehe ihn zu mir.

»Also gehorchst du mir quasi aufs Wort? Sehr geil!«, summe ich, drücke meine Finger in seine Seite und lasse sie dann anzüglich tiefer wandern.

»Na, na, na, das kommt schon drauf an was du -«

»Mikyyy«, wird Nick plötzlich von Hannah unterbrochen, die sich breit grinsend zwischen uns schiebt.

»Hannaaaah«, quaken wir gleichzeitig zurück und lachen dann alle drei los. Es ist so perfekt ... Wir sind alle so wunderbar gleich bescheuert!

»Leon ist pinkeln, liebt mich!«, fordert sie, die Arme ausgestreckt über dem Kopf und dann lässt sie sich einfach gegen mich plumpsen. Da ist aber jemand angetrunken. So kenne ich sie gar nicht. Aber gefällt mir, das ist lustig!

»Wir lieben dich!«, versichere ich ihr und bringe sie zu einem sehr glücklichen Grinsen.

Nick ist sofort mit am Start. Wir nehmen sie zwischen uns und tanzen sie richtig heiß an. Mir wird sogar ein bisschen komisch im Magen, auf die gute Art, als Nick ihr von hinten seine Nase gegen den Hals drückt und sie genießend die Augen schließt. Ich weiß, dass er nicht wirklich was machen würde, aber das sieht schon heiß aus ...

Leon wird kochen, wenn er das sieht! Grinsend schmeiße ich mich von vorne an sie ran und setze einen kleinen unschuldigen Kuss auf ihren Hals.

»Du riechst voll gut!«, raune ich ihr ins Ohr und sie kichert leise.

»Danke, du auch!«

»Hehe, danke! Das ist Batman!«, erkläre ich und zupfe an ihrem Ohrläppchen. Ihr Kichern wird lauter.

»Du bist Batman?«

»Nein! Also, ja, auch, aber der Duft heißt Batman!« Lächelnd lehnt Hannah sich gegen meine Schulter.

»Du bist so doof ...«

»Deshalb magst du mich so!« Ich klinge mehr als überzeugt, aber das bin ich im Grunde auch.

»Stimmt!«

Dann drückt sie sich etwas weg und sieht sich um. Wahrscheinlich will sie wissen, ob Leon schon wieder vom Klo zurück ist. Ist er nicht. Zumindest ist er bisher nicht zu unserer Runde zurückgekehrt.

»Geht's dir gut?«, frage ich, fange wieder an zu tanzen und helfe ihr, in den Rhythmus zurückzufinden. Lächelnd lehnt sie sich nach hinten gegen Nick, hebt ihre Hände und schiebt sie in seinen Nacken.

Die Musik wechselt. Was jetzt kommt, ist der schlimmste Schlager-Horror aus der Hölle.

»Oh Gott, nein, weg hier!«, jaule ich. Auch die anderen verziehen das Gesicht und so quetschen wir uns durch die Leute raus ins Foyer. Ich hasse Schlager!

»Ich geh eine rauchen, geht jemand mit?«, fragt Dominik und ist dann auch direkt verschwunden, Celina,

Karin und Tim im Schlepptau. Laura erzählt was von Toilette und ich sehe zwischen Hannah und Nick hin und her.

»Gehen wir oben an die Bar? Dort ist bestimmt die Musik besser.«

Der Club besteht aus zwei Ebenen mit jeweils einem Dancefloor, in denen unterschiedliche Musik gespielt wird.

»Und Leon?«, wendet Hannah ein.

»Der findet uns schon. Der kann sich bestimmt denken, dass wir die Musik kacke fanden.«

»Stimmt. Okay, gehen wir!«

Alkohol hemmt also die Glucke in ihr, gut zu wissen! Wir setzen uns in Bewegung, und weil wir auf der Treppe eh feststecken, hole ich mein Handy aus der Hosentasche.

Yeah, drei Nachrichten von Chain!

›Und, schon blau?‹

›Ich bin auch noch raus, bin mit Freunden unterwegs.‹

›Ich glaube, ich bin ziemlich betrunken.‹

Zur Hölle ...? Ich lache kurz, schüttle den Kopf und weiß nicht, wie ich das jetzt finden soll. Also, sehr lustig vor allem, weil ich mir nicht vorstellen kann, dass Chain überhaupt trinkt.

›Lol, ist doch gut?! XD Bisschen feiern schadet nicht!‹, schreibe ich ihm also grinsend. Die Antwort kommt fast sofort.

›Ich hätte lieber mit dir weitergeschrieben ...‹ Oh Gott ... jetzt glaube ich wirklich, dass er betrunken ist!

›Aaawww, das ist voll süß! Morgen steh ich dir zur Verfügung, sobald ich wach bin! Versprochen! XD <3‹

Okay, und sobald Nick weg ist. Aber das muss er ja nicht wissen. Davon abgesehen ist es auch vollkommen egal. Wir sind uns nichts schuldig oder zu irgendwas verpflichtet!

Vielleicht ist er ja selbst vergeben, weiß man's?

›Okay ... Ich hätte dich gerade echt gerne hier.‹ Verdammter Mist! Warum tut er das?!

›Das sagst du nur, weil du betrunken bist! XD‹, werfe ich ihm vor.

›Möglich ... Aber es ist wahr!‹ Der Kerl macht mich echt wahnsinnig!

›Sag mir, wo du bist, ich komme hin! Schick mir deinen Standort!‹ Ohne Scheiß, wenn er mir den jetzt schickt, gehe ich direkt zum Bahnhof und fahre zu ihm, egal wie weit es ist!

›Das geht nicht.‹ Enttäuschung macht sich in mir breit. Das war so klar.

›Wusste ich. Schönen Abend noch‹, ist meine patzige Antwort, aber das kann ich gerade einfach nicht verhindern, denn die Enttäuschung ist echt hart, auch wenn ich es erwartet hatte.

Damit packe ich das Handy weg, ohne auf eine Antwort zu warten. Er ist so ein verdammter Bastard! Für eine Sekunde dachte ich echt …

»Hey, alles okay? Hast du jemanden gesehen, den du scheiße findest? Ich hatte keine Ahnung, dass dein Gesicht so pissig aussehen kann«, fragt mich Nick, als wir endlich oben angekommen sind und er sich zu mir herumgedreht hat. Er lief die ganze Zeit vor mir, weshalb er nicht mitbekommen hat, dass ich die Gelegenheit genutzt habe, um kurz mit Chain zu schreiben. Was ich jetzt ziemlich bereue. Das hätte ich mal besser lassen sollen.

Leise brummend schüttle ich den Kopf, packe ihn grob im Nacken, ziehe ihn zu mir und küsse ihn. Ich spüre ihn in den Kuss lachen, dann erwidert er ihn und legt mir seine Arme um den Hals.

Neben uns seufzt Hannah sehr zufrieden, und als ich mich nach ein paar Sekunden von ihm löse, geht es mir zumindest ein bisschen besser.

»War was?«, hakt er erneut nach. Ich winke ab.

»Ne, alles gut, ich fange mich gleich wieder. So, was trinken wir?« Wir finden einen Platz an der Bar, wo es nicht so voll ist.

»Wodka-Energy!«

»Malibu-Maracuja!«

»Geht klar!« Ich bestelle und nehme mir selbst ebenfalls einen Wodka-Energy. »Noch ne Runde Shots?«

»Klar!«, stimmen beide zu und ich ordere noch drei Tequila.

»Bodyshots?«, fragt Hannah und eigentlich klingt es eher nach einer Bitte. Ich grinse. Nick zwinkert mir prompt zu.

»Aber hallo!« Eine Minute später haben wir unsere Getränke. »Hannah, Haare weg!«

Sie schüttelt ihre braune Mähne nach hinten und dann nehmen Nick und ich sie in die Mitte. Ich liebe es, dass er und ich so gleich ticken. Es passiert so oft, dass wir ohne Worte wissen, was der andere gerade will. Entsprechend verwundert, aber definitiv nicht abgeneigt keucht Hannah auf, als wir ihr gleichzeitig über den Hals lecken und dann das Salz darauf verteilen.

»Oh Gott, was tut ihr!«, japst sie und sinkt ein bisschen nach unten weg, als ihr die Knie nachgeben.

»Dich lieben?«, antwortet Nick, und ich nicke grinsend.

»Oh Gott, ihr seid so heiß, wisst ihr das eigentlich?«

»Klar, alles nur für dich, du Superfangirl«, lache ich, beuge mich über sie und drücke Nick meine Lippen auf, was sie jetzt aus nächster Nähe beobachten darf und glücklich zum Seufzen bringt.

»So! Bereit?« Ich warte gar nicht auf Antwort, sondern beuge mich gleichzeitig mit Nick runter zu ihrem Hals. Wir lecken das Salz von ihrer warmen Haut, dann kippen wir den Shot und beißen in die Zitrone.

»Oh Gott, ihr - Leon!«

Mein Kopf fliegt herum zu ihrem Freund, der uns inzwischen wohl gefunden hat und nicht gerade begeistert aussieht.

»Hey, da bist du ja!«, sage ich und lasse Hannah vorsichtig los. Ich bin nicht ganz sicher, wie standfest sie ist.

»Ja«, knurrt er, tritt näher, packt Hannah und zieht sie zu sich. »Hör auf dich an meine Freundin ranzumachen!« Irritiert sehe ich ihn an, dann muss ich lachen.

»Tu ich doch gar nicht! Wir machen nur Spaß! Aber cool, dass du uns gefunden hast!« Leon sieht so aus, als würde er mir am liebsten eine reinhauen und ich bemühe mich, die Stimmung etwas zu entspannen. »Ach ja, willst du auch?«, frage ich, zeige ihm mein leeres Glas und zwinkere ihm zu.

Für einen Moment glaube ich, dass er mich doch noch anspringt und niederschlägt, dann atmet er gepresst aus und nickt.

»Okay ...«

»Sehr geil!« Das ist gerade nochmal gut gegangen ...

Ich bestelle pauschal sieben Tequila. Hannah hat ja noch einen. Ich werde das morgen so bereuen, aber egal! Es ist grade einfach nur lustig und mein Kopf ist so leicht und ach ... Das Leben ist geil! Auch ohne den doofen Chain, so!

Wir stoßen alle an und weg mit dem Zeug.

Nachspülen mit Wodka-Energy. Nachdem Leon Hannahs Glas abgelehnt hat, weil ihm ihres zu süß ist, biete ich ihm meines an. Tatsächlich nimmt er es nach kurzem Zögern. Hannah drückt dankbar meine Hand. So einfach kann man Menschen glücklich machen ...

»Ach ja, Leon, du musst übrigens nicht neidisch sein, du kannst auch nen Double-Body-Shot haben! Ich biete mich freiwillig an!«

Also, wenn das nicht der ultimative Beweis dafür ist, dass ich nichts von seiner Freundin will, weiß ich's auch nicht!

»Oh ja!«, freut sich Hannah und hüpft aufgeregt. War mir klar, dass ihr das gefällt.

»Kannst du bitte aufhören, an meiner Freundin ...«

»Nein, nein, nein!«, wehre ich Leons Gemecker lachend ab, gebe Hannah einen weiteren Tequila, nehme mir selbst einen und schiebe mich sehr breit grinsend neben Leon. Ich lege meine freie Hand um seine Hüfte und registriere höchst amüsiert, dass er sich sofort verspannt. »Keiner redet von Hannah«, summe ich, ganz nahe an seinem Ohr und versuche meine Stimme möglichst überzeugend klingen zu lassen. »Jetzt bist du erst mal dran.«

Hannah nickt begeistert, während Leon einfach gar nichts tut und steif zwischen uns steht. Da haben wir ihn jetzt echt kalt erwischt, haha!

»Ich weiß nicht ...«, stammelt er irritiert, sieht unsicher zwischen seiner Freundin und mir hin und her.

»Aber wir wissen! Lehn dich bisschen nach hinten, sonst kommt Hannah nicht ran. Ich halte dich, keine Sorge«, schnurre ich ihm ins Ohr und grinse fies, als ich sehe, dass sich Gänsehaut über seinem Hals ausbreitet. Leider reagiert er sonst nicht wirklich. Immerhin sagt er schon mal nicht nein.

»Och Schatz, komm schon!«, bettelt Hannah jetzt, schmeißt sich an seine andere Seite, packt ihn an der Schulter und drückt ihn nach hinten, so, wie ich es grade wollte, und er lässt es tatsächlich zu! Krass! Hätte ich nicht erwartet. Umso besser!

»Aber nicht geil werden«, lache ich. Er schluckt unsicher. Diesen Gesichtsausdruck habe ich noch nie bei ihm gesehen. Aber ich muss sagen ... irgendwie gefällt mir das.

Zum ersten Mal, seit wir uns kennen, ist er offen und zugänglich, wo er sonst immer nur arrogante Ignoranz für alle übrig hat. Gefällt mir. Sehr. Kurz sehe ich nochmal zu Hannah, die schon mit der Zitrone über seinen Hals streicht. Die Option habe ich nicht, weil ich mit einer Hand ihn halte, damit er nicht hintenüber kippt, und in der anderen den Tequila und die Zitrone habe, und würde ich das jetzt versuchen, würde ich definitiv den guten Alkohol verschütten. Also mache ich's, wie immer, auf die gute, altmodische Art, beuge mich tiefer und lecke über die helle Haut an seinem Hals.

Hmmm, der Kerl riecht voll gut ... Und dass er dabei kurz nach Luft schnappt, ist ein bisschen lustig.

»Hannah, ich brauch hier Salz!«

Leon dreht den Kopf zu ihr, damit sie leichter rankommt, dann verzieht er kurz das Gesicht, als das Salz über seine Haut rieselt. Er sieht immer noch verwirrt aus, als wäre er nicht sicher, was hier gerade passiert und wie er es finden soll.

Armer Kerl, hat es nicht leicht mit seinem Superfangirl und ihrem schwulen besten Freund. »Danke«, flöte ich, sehe grinsend runter auf Leons Hals. »Zum Wohl!«

Anschließend beuge ich mich erneut über ihn und was dann passiert, hätte ich im Leben nicht erwartet.

In dem Moment, als meine Zunge zum zweiten Mal, jetzt aber langsamer und mit mehr Druck, über seine Haut gleitet, entkommt ihm ein Geräusch, das sofort in meinen Schritt zieht. Verdammte Axt, Leon hat gerade nicht ernsthaft gestöhnt, oder?

Tequila und Zitrone werden von hier auf jetzt uninteressant, genauso wie der intensive salzige Geschmack auf meiner Zunge, während ich den Kopf hebe, um ihm ins Gesicht zu sehen und sein Blick ... Holy fuck!

Er sieht mindestens so irritiert aus, wie ich mich fühle. Seine Lippen sind einen Spalt breit geöffnet und ich schwöre, wäre das nicht Leon und Hannah nicht seine

Freundin, würde ich ihn jetzt küssen. Seine Augen, seine Lippen, nein, sein ganzer verdammter Körper bettelt in meinem Arm gerade danach!

Hannahs zufriedenes Lachen reißt uns beide zurück in den Club und geistesgegenwärtig lasse ich die Zitrone fallen und kippe den Tequila auf den Boden, bevor sie merkt, dass ich so damit beschäftigt war, ihren Freund ... was auch immer zu finden, dass ich vergessen habe, zu trinken.

Dieses Stöhnen ... Fuck! Und irgendwie ... musste ich dabei ganz kurz an Chain denken. Kein Schimmer, warum, aber ... Oh Gott, ich hab nen Ständer!

Also noch nicht aber mein Schwanz arbeitet dran und ich schaffe es gerade so, mich am Riemen zu reißen und Leon nicht einfach fallen zu lassen. Oder noch schlimmer, ihn näher zu mir zu ziehen. Scheiße, ey ...

»Danke Schatz!«, freut sich Hannah, wirft sich ihm um den Hals, als er wieder steht, und er erwidert die Umarmung, während ich ihm ein Loch in den Rücken starre. Dann fasst jemand mich an und ich hüpfe vor Schreck fast auf die Theke. Nick.

»Okay ... Was war das?«, fragt er, denn im Gegensatz zu Hannah hat er offensichtlich genau gesehen, was da gerade passiert ist. Bereitwillig lasse ich mich zu ihm ziehen.

»Ich habe, verdammt nochmal, absolut keine Ahnung«, raune ich ihm zu, nehme seine Hand und lege sie über meinen Schritt. Man sieht nichts, mein Schwanz beruhigt sich auch gleich wieder, aber man spürt, dass er gerade mehr vorhatte, als passiv in meiner Hose zu bleiben.

»Alter ...«, japst Nick schockiert und ich nicke.

»Ja! Ich habe keine Ahnung, wie das passieren konnte!«

»Du bist echt ... Eigentlich sollte ich eifersüchtig werden, aber uneigentlich ... Du erinnerst dich, was ich über die Toiletten gesagt habe?« Sein Grinsen ist so anzüglich, dass ich gar nicht anders kann, als zu lachen.

»Ja, aber eigentlich wollte ich echt noch weiterfeiern ...« Wollte ich wirklich.

»Okay ... Dann würde ich sagen, ich überschreibe deinen Nicht-okay-Halbständer mit einem Scheiße-ja-Ständer, und du verbuchst das einfach als ... keine Ahnung, mir egal, aber küss mich jetzt, du Vollhonk!«

Äußerst willig komme ich seiner Aufforderung nach, lasse mich rückwärts gegen die Bar drängen und dann bin es auch schon ich, der ziemlich erregt in den Kuss keucht, als Nick mit seinem Oberschenkel gezielt über meine Mitte reibt. Wie kann der Kerl einfach so geil sein? In jeder Hinsicht, und dabei noch so ultracool!

Der Rest des Abends wird ebenfalls noch ziemlich genial. Nachdem die anderen noch ihre Tequila getrunken haben, sind wir ein paar Meter weiter zur Tanzfläche gewandert und kurz darauf kamen auch wieder die anderen dazu.

Eine halbe Stunde lang ging's mir nicht so gut, da haben die Schnäpse dann nämlich gewirkt und ich habe kurz überlegt, kotzen zu gehen, aber nach einer Cola war's schon etwas besser und wir haben bis halb vier weitergefeiert.

Okay, Thomas und Laura sind gegen zwei abgehauen, aber der Rest ist bis zum Schluss geblieben und ich muss sagen: Das war eine wirklich epische Partynacht!

Draußen ist es kühler als erwartet, als wir den Club schließlich verlassen. Ich ärgere mich ein bisschen, dass ich keine Jacke mitgenommen habe. Na, macht nichts. Gibt's mehr körperliche Liebe für Nick, während wir in Richtung U-Bahnstation laufen. »Hat schon jemand geschaut, wie die Bahnen fahren?«, fragt Dominik und holt umständlich sein Handy aus der Hosentasche. Mit einer Hand muss er Karin stützen, die sich in der letzten Stunde ordentlich zugerichtet hat und nicht mehr geradeaus laufen kann. Celina geht es ähnlich. »Ich bezweifle, dass wir alle in dieselbe Richtung müssen«, gibt Hannah zu bedenken. Sie und Leon laufen Hand in Hand neben Nick und mir. Ihr Kopf lehnt an Leons Schulter und sie wirkt müde, aber glücklich. Und er … sieht immerhin nicht unzufrieden aus. Es war wirklich cool, dass er heute nicht nur dabei war, sondern zum ersten Mal auch wirklich mit uns gefeiert hat. So, als hätte er auch wirklich Lust drauf.

»Wir gehen zu mir, oder?« Nicks Griff um meine Schultern wird kurz fester, wohl um mir zu zeigen, dass ich gemeint bin. Ich nicke, gähne dann ungeniert.

»Jop, ist näher als zu mir. Ich fahre grade so runter. Die halbe Stunde zu mir würde ich jetzt nicht -«

Ich stocke, als plötzlich drei Typen direkt vor uns um eine Hausecke torkeln und beinahe mit Leon und Hannah zusammenstoßen.

»Oh, Baby, nicht so stürmisch«, lallt der, mit dem Hannah fast zusammengeprallt wäre, und greift nach ihr. Sofort macht sie einen großen Schritt nach hinten, gleichzeitig schiebt Leon sich zwischen sie und die Typen, die sie alle drei ziemlich eindeutig mustern.

»Finger weg.« Wir sind jetzt alle stehengeblieben und ich spüre richtig, wie ich schlagartig vollkommen nüchtern werde. Wahrscheinlich genauso wie der Rest von uns. Die Spannung zwischen Leon und dem Typen ist greifbar. Und Leons schneidender Ton trägt auch nicht dazu bei, die Situation zu entschärfen.

»Ey, ich mach doch nichts? Ich wollte mir die Schnecke nur mal näher ansehen. Problem damit?« Der Typ richtet sich auf und die Tatsache, dass er leicht schwankt, nimmt ihm nichts von seiner bedrohlichen Ausstrahlung. Seine zwei Kumpels rücken näher zu ihm. Fuck, das wird gleich richtig hässlich! Und ich kann Leon nicht mal einen Vorwurf machen, denn hätte er sich nicht vor Hannah gestellt, hätte ich es getan. Shit, shit, shit!

»Ja, wenn du meine Freundin angrapscht, habe ich sehr wohl ein Problem damit, und jetzt zieht Leine.«

»Ach was … und was willst du jetzt dagegen machen?« Die Stimme des Typs ist aggressiv und man hört deutlich, dass er definitiv nichts dagegen hätte, sich jetzt ernsthaft mit Leon anzulegen. Tatsächlich macht er eher den Eindruck, als würde er genau das definitiv wollen. Und das werde ich auf keinen Fall zulassen!

Meine Finger streifen kurz beruhigend über Hannahs Oberarm, dann stelle ich mich neben Leon, genauso, wie es die zwei Kumpels des Idioten vor uns tun. Nick flankiert ihn auf der anderen Seite und hinter mir höre ich Tim und Dominik die anderen Mädels auf Abstand schicken.

»Er allein macht gar nichts, aber wenn du ein neues Gesicht so nötig hast, komm her.« Ich bin niemand, der sich gerne prügelt, aber wenn jemand meine Freunde angeht, kann er sich warm anziehen! Und selbst wenn Hannah nicht da wäre, hätte ich Leon jetzt nicht hängen lassen.

Mein Herz rast. Es ist nicht so, als hätte ich keinen Schiss, denn die Typen sind nicht gerade schmächtig, aber mitgehangen mitgefangen. Wenn's jetzt aufs Maul gibt, ist es halt so.

Mein Nacken kribbelt, als der Anführer der Drei jetzt mich ins Visier nimmt. Mein Mund ist staubtrocken, aber ich bleibe stehen und erwidere herausfordernd seinen Blick.

»Ach, Blondchen hat auch was zu sagen?« Ich ignoriere die Beleidigung.

»Verzieht euch einfach, dann gibt's auch kein Problem. Weder mit mir noch mit meinem Freund hier.« Zur Verdeutlichung lege ich meine Hand auf Leons Schulter. Ich spüre, dass er angespannt ist. Er ist auch bereit, und egal, was ich je von ihm gedacht habe, ich rechne es ihm hoch an, dass er sich ohne zu zögern für Hannah einsetzt. Natürlich ist das als Freund irgendwie selbstverständlich, aber ich hätte nicht gedacht, dass er tatsächlich die Eier hat, sich mit diesen Wichsern anzulegen.

»Ganz schön große Fresse«, tönt der Typ vor uns und dann passiert alles verdammt schnell. Im ersten Moment denke ich, dass er es auf mich abgesehen hat, doch es ist Leon, den er packt, wahrscheinlich, weil er direkt vor ihm steht. Er erwischt ihn am Kragen, zieht ihn zu sich und ich werfe mich geistesgegenwärtig direkt zwischen sie. Der Typ muss loslassen. Wir stolpern zur Seite und ich sehe aus den Augenwinkeln, wie auch die anderen jetzt aufeinander losgehen. Fuck, wie sollen wir –

»Hallo! Hallo, Polizei! Wir brauchen Hilfe!« Mein erster Gedanke ist, dass Hannah gerade die Polizei anruft und mein zweiter, dass die Bullen viel zu spät hier sein werden, doch dann höre ich Reifen quietschen und eine Sirene. Das kann doch nicht … Sollten wir wirklich so viel Glück gehabt haben?

Ich drehe mich um und sehe zwei Polizisten aus einem Streifenwagen aussteigen.

»Halt, stehen bleiben!« Ein Blick über die Schulter zeigt mir, dass die drei Typen abhauen. Schwein gehabt. »Alles in Ordnung?«, fragt uns einer der Beamten, als er uns erreicht, und ich sehe mich kurz nach den anderen um. Keiner scheint verletzt zu sein.

»Ne, Sie kamen gerade noch rechtzeitig.« Da Leon mir immer noch am nächsten steht, ist es seine Schulter, an der ich mich kurz festhalte, um mal kräftig durchzuatmen. Die zwei Polizisten wollen zwar noch wissen, was genau passiert ist, ziehen dann aber wieder ab. Mehr gibt es hier für sie auch gar nicht zu tun. Geholfen haben sie uns schon allein dadurch, dass sie da waren. Und nachdem sie uns noch einen guten Heimweg gewünscht haben, gehen sie wieder zurück zu ihrem Auto.

»Alter, das war scheiße knapp«, sagt Dominik das, was wahrscheinlich uns allen durch den Kopf geht.

»Scheiße ja. Aber wir hätten die fertiggemacht!«, erklärt Tim heftig nickend. Na ja, da bin ich mir nicht so sicher. Das eine oder andere blaue Auge hätten wir wahrscheinlich trotz Überzahl kassiert. Ich bin einfach froh, dass alles nochmal gut gegangen ist.

»Schatz, ist alles okay? Hat er dich erwischt?« Hannah ist total aufgelöst, aber das ist verständlich. Und Leon … ist wie immer. Er sammelt ihre Hände ein, die nervös an ihm herumzupfen, und zieht sie an seine Brust.

»Alles in Ordnung. Mir geht's gut. Dank Mike.« Er sieht mich nicht an, als er das sagt, aber ich spüre richtig, wie mir warm wird. Für mich war es selbstverständlich, dass ich ihm zur Seite stehe, genauso wie für die anderen Jungs, aber es ist dennoch schön, zu wissen, dass er es wertschätzt.

Wir setzen unseren Weg schließlich fort, bis sich unsere Wege an der U-Bahnstation trennen und ich mit Nick alleine weitergehe, während die anderen mit den Bahnen weiterfahren. Was für ein Abend.

***

Es ist irgendwas gegen ... Keine Ahnung. Es ist hell und ich bin zu wach, um wieder einzuschlafen, aber zu müde, um mich zu bewegen. Kopfschmerzen habe ich zum Glück nicht, aber ich fühle mich dennoch, als hätte mich ein Auto angefahren.

Okay, ein Fiat Panda höchstens, der jetzt wahrscheinlich Schrott ist, aber dennoch protestieren sämtliche Muskeln gegen jede Bewegung. Aber einfach rumzuliegen ist auch blöd, also zwinge ich meine Hand zum Gehorsam und schicke sie mein Handy holen, das auf dem Nachttisch liegt. Ein bisschen mulmig ist mir ja. Ich hab nicht mehr draufgesehen, gestern ... Ob Chain nochmal geantwortet hat ...? Ich werd's gleich wissen und ausnahmsweise knallt mir das Ding mal nicht in die Fresse, als ich es mir gähnend übers Gesicht halte. Tatsächlich!

›Tut mir leid ...‹

›Es geht leider nicht anders, aber ich würde, wenn ich könnte!‹

›Bist du jetzt sauer?‹

›Sei nicht böse, bitte ...‹

›Okay, dann ... schönen Abend noch ... bis morgen.‹

Meine Güte ... Der Kerl muss hackedicht gewesen sein, dass er mir sowas schreibt! Und leider kann ich gar nicht anders, als mich doch irgendwie zu freuen. Klar, er hat mich einmal mehr abgewiesen, aber es klingt schon so, als hätte er es gerne anders und als würde er wirklich nicht können, warum auch immer. Ein bisschen enttäuscht und maulig bin ich zwar immer noch, aber wirklich böse kann ich ihm auch nicht sein.

Hm ... halb neun. Ob er schon wach ist?

›Hey, wieder fit? ;D‹

Ich rechne nicht wirklich mit einer Antwort, strecke mich erst mal gähnend und verziehe das Gesicht, als meine Wirbel protestierend knacken. Jetzt weiß ich wieder, warum wir meistens bei mir schlafen: Nicks Matratze ist scheiße.

»Morgen«, flüstere ich leise in der Hoffnung, dass Nick schon wach ist, aber es kommt keine Reaktion.

Vielleicht sollte ich doch nochmal versuchen, zu …

Mein Handy brummt leise auf meinem Bauch und schon spüre ich die angespannte Freude, die sich immer in mir breitmacht, wenn ich nachsehe, was Chain mir schreibt. Okay, außer gestern, aber gut.

›Nicht wirklich, du?‹ Hmmm, klingt nicht mehr so niedlich wie gestern, aber immerhin schreibt er.

›Geht. Müde, aber kann nicht mehr schlafen.‹

›Ich habe Kopfschmerzen.‹ Haha, also war er wirklich richtig blau!

›Hast du nix da?‹ Es dauert ein paar Sekunden länger, bis die Antwort kommt.

›Leider nicht. Bin bei nem Freund zu Hause und will nicht einfach herumwühlen.‹

›Versteh ich, würd ich auch nicht machen! Aber voll mies, geh was trinken, das hilft vielleicht.‹ Die nächste Antwort kommt erst fünf Minuten später.

›Jetzt ist mir schlecht.‹ Ich lache lautlos.

›Oh nein! XD Hast du Wasser getrunken?‹

›Ja. Außer Cola und Ginger-Ale war sonst nichts da.‹ Bah, allein bei dem Gedanken daran wird mir übel.

›Wie mies! XD Vielleicht solltest du kotzen?‹, schlage ich vor.

›Nein, so schlimm ist es nicht.‹

›Hmm ... soll ich dich ablenken?‹ Sofort legt sich ein breites Lächeln über mein Gesicht.

›Tust du doch schon.‹ Das jetzt direkt noch eine Spur breiter wird.

›Awww! <3 War's denn schön, gestern? Hat sich der Kater gelohnt?‹

›War ganz nett. Weniger Alkohol hätte es auch getan, aber ein Bekannter wollte uns alle umbringen ...‹ Die Matratze bewegt sich, als ich versuche, nicht laut herauszulachen.

›Haha, so schlimm?‹

›Tequila kann man nur als Mordwaffe bezeichnen.‹ Waaas, der spinnt doch!

›Haha, ich find Tequila geil! Schmeckt zwar nicht, aber macht verdammt schnell verdammt blöd! XD‹

›Ja, allerdings. Und wie war's bei dir so?‹ Meine Fresse, seit wann ist der Kerl so zugänglich? Echt mal! Er fragt mich ernsthaft, wie mein Abend war!

›War ziemlich cool! Wir waren ne große Gruppe, keiner hat blöd rumgetan, alle hatten Partylaune und ja ... Bin gegen Ende sogar noch angemacht worden!‹

Die Nachricht ist weg, bevor ich überhaupt drüber nachdenken kann, was ich da geschrieben habe.

Warum erzähle ich ihm das? Also, es stimmt! Es ist mir auch erst in dem Moment wieder eingefallen, als ich es geschrieben habe, aber warum, zur Hölle, erzähle ich ihm das?

›Aha?‹

Mein Magen macht einen kleinen Satz. Ich schlucke. Ob er ... Ob er vielleicht wirklich ...?

›Ja, mich hat'n ziemlich heißes Mädel angetanzt und wir haben bisschen Party gemacht, zusammen, aber als sie dann mehr wollte, hab ich abgeblockt. Aus offensichtlichen Gründen‹

›Offensichtliche Gründe?‹, hakt er nach. Verarscht er mich? Ich war der Meinung, dass das doch ziemlich offensichtlich ist. Aber für ihn anscheinend nicht.

›Ja?! XD Schwul und so ...‹

›Ach so.‹ Ob er jetzt gedacht hat ... nein. Nein, das ist Quatsch! Dazu besteht gar kein Grund! Wir sind uns zu nichts verpflichtet und nicht mal Nick war eifersüchtig! Im Gegenteil, der hat sich weggelacht, als das Mädel plötzlich an meinem Hals hing und versucht hat, mich zu küssen!

Der blöde Sack! Er hätte mich auch einfach retten können, aber nein, der steht lieber daneben und amüsiert sich, der blöde Penner.

›Jap ... Sonst war eigentlich nichts ...‹

›Hättest du Lust, jetzt zu schreiben? Also RPG?‹ Meine Güte, ey, ist das wirklich Chain?

Nick neben mir sieht nicht so aus, als würde er sich in der nächsten Zeit bewegen wollen.

›Können wir machen. Kann aber sein, dass ich gleich wieder weg bin. Schlaf bei nem Kumpel. Der pennt noch, aber wenn er aufwacht ...‹

›Verstehe.‹

›Hast du ne Idee, die du spielen willst?‹ Es dauert zwei Minuten, dann bekomme ich eine recht lange Nachricht mit -

Oh mein Gott!

Oh mein - ich kann nicht anders, als plötzlich sehr laut loszulachen. Nick schreckt aus dem Kissen hoch.

Ich kann nicht ... Oh verdammt, das hat er nicht getan!

»Was ist los«, jammert Nick, lässt sich zurück aufs Kissen fallen und stöhnt leidend. Ich lache leider immer noch. Ich fasse das nicht! Wie geil ist das bitte!

»Hahaha, Chain hat -oh Gott, hahaha!« Ich kann's nicht mal erzählen!

»Oh Gott, warum bist du wach? Und er? Und warum kannst du nicht leise glücklich sein?«, ächzt er, dreht sich von mir weg und mir damit seinen Arsch zu. Seinen nackten Arsch.

Natürlich hatten wir gestern noch Sex. Ich kann mich zwar nur noch an die Hälfte erinnern, aber die war gut!

»Keine Ahnung, aber er ist so blöd!«

»Das wusste ich schon.«

Ich lache immer noch. Das ist so herrlich!

»Er hat mir deinen Plot geschickt!«, schaffe ich es jetzt doch zu erzählen. Nick wird erst ganz ruhig, dann dreht er sich langsam und schwerfällig zu mir um.

»Meinen Plot? Für das RPG?« Ich nicke breit grinsend, halte ihm mein Handy unter die Nase und er liest kurz.

»Dieser Bastard ...«

»Ja, irgendwie schon!« Ich finde das gerade so unendlich komisch! Schickt er mir einfach Nicks RPG-Idee, die er mit ihm nicht spielen wollte, aber mit mir offenbar.

»Hör auf zu lachen, das ist voll ekelhaft! Der hat mir meine Idee geklaut!«, meckert Nick leise, muss aber selbst lachen.

»Aaawww, sei nicht so, du hast sie ihm geschenkt!«

»Aber nicht, damit er sie mit dir spielt!?« Er schnaubt beleidigt.

»Lol, wolltest du etwa mit ihm schreiben?« Für einen sehr kurzen Moment spüre ich, wie die Eifersucht sich heiß und intensiv durch meinen Körper zieht, aber dann fängt Nick zum Glück an, zu lachen.

»Alter, dein Gesicht!«, quiekt er, und würde er nicht an der Wand liegen, würde er wahrscheinlich aus dem Bett fallen. Vielleicht würde ich ihn auch raustreten, den Sack! »Ich dachte, du frisst mich gleich!«

Ich weiß nicht mal richtig, was ich dazu sagen soll.

»Du bist scheiße!«

»Nein, aber du bist eifersüchtig, und ich glaube nicht wegen mir!« Er lacht mich mal wieder aus, auch wenn er versucht, beleidigt zu klingen.

»Heul doch!«

»Mach ich gleich!« Kichernd wischt er sich über die Augen. Mein Handy brummt. Wahrscheinlich habe ich zu lange für meine Antwort gebraucht.

›Gefällt es dir nicht?‹, steht da und ich schnaube leise, ignoriere Nick jetzt einfach.

›Doch, ist super! XD Mein Kumpel ist nur grade aufgewacht.‹

Weil ich vor Lachen fast gestorben wäre, aber das sage ich ihm natürlich nicht.

›Ach so. Meldest du dich später?‹

›Jap, bis dann! X3‹

›Bis dann.‹ In meinem Magen kribbelt es höchst angenehm. Das gefällt mir. Das gefällt mir sogar sehr.

Also sein Verhalten. Die RPG-Idee auch, aber in erster Linie mag ich es, wie gelöst er gerade beim Schreiben ist. Ich hatte nicht erwartet, dass er so locker bleibt.

»Ihr zwei, ey …«, kommt es von Nick und ich lege mein Telefon weg.

»Jap, wir zwei ...«, brumme ich zustimmend und nicke.

»Irgendwie muss doch rauszufinden sein, wo der Typ herkommt. Ich meine ... Es ist ja offensichtlich, dass er dir einen Sonderstatus einräumt, oder?« Offenbar ist er fertig mit Lachen, auch wenn er immer noch amüsiert vor sich hin grinst.

»Ja, schon, aber er will mich nicht treffen. Ich hab erst heute Nacht angeboten, zu ihm zu fahren, aber er wollte nicht.« Allein bei dem Gedanken rumort es schon wieder in meiner Mitte.

»Hast du?!« Ich kann ihm ansehen, dass er mich vielleicht für ein kleines bisschen verrückt hält, aber ist mir egal.

»Hab ich. Ich wäre gefahren!«

»Ja, weil du ein Idiot bist!« Er schnaubt amüsiert. Der soll sich nicht lustig machen, das ist nicht zum Lachen!

»Du bist ein Arsch!«, meckere ich ihn an und er grinst nur frech.

»Ein verdammt geiler!«

»Das auch, aber auch ein gemeiner! Ich würde ihn echt gerne sehen! Vor allem jetzt, wo es gerade so gut läuft!« So viel Kontakt und vor allem so intensiven wie in der letzten Zeit hatten wir schließlich noch nie.

»Wie läuft es denn?« Will er prompt wissen und ich grinse überheblich.

»Wir hatten RPG-Sex?!«

»Jaaa, das ist natürlich ein Indikator dafür, dass er genauso in dich verknallt ist wie du in ihn!«, spottet er und ich werde daraufhin direkt rot.

»Das ist - ich bin gar nicht - ich ... Du Arschloch!« Mein Kopf brennt und ich will mich wegdrehen, aber er lässt mich nicht und wirft sich lachend auf mich.

»Du bist so ein Trottel ... Aber immerhin ein echt niedlicher!«

»Na danke ...« Dann ist erst mal alles gesagt und wir setzen dort an, wo wir letzte Nacht irgendwann aufgehört haben: mit meinem Schwanz in seinem Arsch.

***

Sechs Stunden später bin ich immer noch bei Nick.

Leider ist es nämlich so, dass man für Cosplays, die man machen möchte, auch noch was tun muss. Das habe ich nicht bedacht, als ich Chain versprochen habe, dass ich mit ihm schreibe.

Also, Uhrzeit war keine ausgemacht, aber so, wie die Lage aussieht, hänge ich hier noch etwas länger fest. Ich habe ihm deswegen zwar schon Bescheid gegeben, aber Antwort kam bisher keine,

»Und du meinst, die Perücke kommt noch an?«, frage ich und schnaufe leise.

Bye, bye, Money ...

Ich sollte echt dringend mit Viktor reden, das alles wird teurer als erwartet. Und dabei ist das Cosplay noch nicht mal extrem aufwändig ...

»Ich denke schon. Eigentlich bist du früh genug dran. Und du machst gerade deine Weste kaputt.« Er sagt das so beiläufig, dass ich es fast nicht mitgekriegt hätte. Gerade noch rechtzeitig merke ich, was ich da tue, und reiße meine Hände hoch und weg von der Weste.

»Fuck, nein!«, japse ich.

»Warte, ich helfe dir«, brummt er, nimmt mir den Heißkleber weg und zeigt mir zum dritten Mal, wie viel von dem Zeug unter diese komischen Nietendinger kommt. Mir tun so die Finger weh, weil ich mich schon x-mal verbrannt habe. Aber wir kommen gut voran. Sagt er zumindest.

Mein Handy vibriert. Hannah.

»Sag ihm, dass du später Zeit hast«, sagt Nick, ohne auch nur in meine Richtung zu sehen.

»Es ist Hannah.«

»Ach so.« Witzig, dass sie jetzt total in Ordnung für ihn ist.

›Morgen …‹, steht da im Chat. Oh, da klingt aber jemand geknickt.

›Hey, Schönheit! Ausgeschlafen?‹ Es ist immerhin früher Nachmittag.

›Hm … war um 10 wach und hab bis eben nochmal geschlafen. Schatz hat mich geweckt, als er weg ist. Um 9! T-T‹ Oh, sie kommt direkt zur Sache …

›Warum so früh?‹, frage ich nach und ziehe jetzt schon die Schultern hoch.

›Keine Ahnung! Wir wollten mit meinen Eltern zu Mittag essen und nachmittags ins Kino …‹ Dachte ich es mir doch, dass da noch was kommt …

›Mehhh, wie mies! Was wolltet ihr gucken?‹

›Den neuen Avengers. Und zur Abwechslung wollte ich den echt mal sehen.‹ Ja, gut … An dem hätte ich an sich auch Interesse …

›Voll blöd ... Würdest du mich vielleicht als Ersatz haben wollen?‹ Zwar muss ich kurz an Chain denken, und dass es dann doch erst Abend wird, bis wir schreiben können, aber wenn es meiner besten Freundin schlecht geht, hat das Vorrang.

›Das wäre ultralieb, danke! <3‹ Sofort muss ich lächeln, weil sie direkt glücklicher klingt.

›Kein Ding!‹ Wir sprechen noch die genaue Uhrzeit ab, dann lege ich das Handy weg.

»Leon, ey ...«, meckere ich los.

»Hm?«

»Hat sich um neun verpisst und sein Date mit Hannah sausen lassen. Ich hab echt keine Ahnung, warum sie das alles mitmacht!«, motze ich weiter und widme mich wieder meiner Weste. Nick zuckt gleichmütig mit den Schultern.

»Gestern hast du ihn noch gefeiert.«

»Das ist übertrieben, echt jetzt! Er war okayer als sonst, das ist alles! Und ich wollte ihr einen Gefallen tun!« Das braucht er jetzt gar nicht auf Goldwaage zu legen, das fällt direkt wieder runter, weil das nicht zählt!

»Hmhm ...« Und er muss auch gar nicht so skeptisch gucken!

»Jaha!«

»Ich sage ja nichts! Ich find´s halt erstaunlich, dass

sie damit klarkommt, dass er so gefühlt null Interesse an ihr hat.«

Sofort verteidige ich die beiden.

»Das ist jetzt aber echt nicht wahr! Nach drei Jahren Beziehung ist man halt nicht mehr so frisch verliebt, aber die lieben sich!«, erkläre ich überzeugt und nicke bekräftigend.

»Na ich weiß nicht ... Du bist immer so extrem auf Hannah fixiert und beachtest Leon gar nicht. Hast du mal gesehen, was sein Gesicht macht, wenn sie es gerade nicht sieht?« Was soll das denn heißen?

»Nö, was denn?«, frage ich verwirrt, weil ich da wirklich noch nie drauf geachtet habe.

»Nichts«, ist die lapidare Antwort und ich sehe ihn einen Moment lang ziemlich perplex an, dann lache ich verwirrt, während Nick weiter an seinem Schwert herumbastelt.

»Ja, und? Das ist doch normal, wenn man sein Gesicht mal entspannt?« Ich weiß ehrlich nicht, worauf er hinaus will.

»Aber nicht so. Beobachte das mal. Wenn die zwei nebeneinanderstehen und Hannah keine Aufmerksamkeit von ihm fordert, zeigt nichts in seiner Gestik oder Mimik, dass er sie überhaupt kennt, und ich finde das ziemlich hart. Vor allem, weil er ja oft genug auch so abweisend zu ihr ist, oder?« Harte Worte. Sehr, sehr harte Worte, wie ich finde.

»Hm ... Ich finde, du übertreibst. Du kennst die beiden gar nicht richtig«, wehre ich dann ab und schüttle den Kopf.

Nick kann das gar nicht wirklich beurteilen ... oder?

***

Am späten Nachmittag, als ich mit Hannah in dem kleinen Café unten im Kino sitze, muss ich allerdings wieder an das Gespräch denken.

»Und dann ist er einfach aufgestanden, hat sich angezogen und ist gegangen. Wäre ich nicht von selbst wach geworden, hätte ich es gar nicht gemerkt. Und hätte ich nichts gesagt, hätte er mich nicht mal geweckt, um tschüss zu sagen.« Beruhigend streichle ich über ihre Hand und ignoriere das Brummen meines Handys in meiner Hosentasche. Tim, Nick oder Chain? Egal, gerade ist Hannah wichtiger.

»Vielleicht wollte er dich einfach schlafen lassen und hat es nur gut gemeint?«, schlage ich vor, weiß aber, dass das eigentlich Blödsinn ist.

»Ja klar, wir sind mit meinen Eltern zum Essen verabredet und er lässt mich netterweise schlafen, während er sich einfach verpisst, weil er keine Lust hat, schon klar.« Entsprechend angefressen klingt sie jetzt.

»Hey, ich kann nichts dafür, maul nicht mich an!«, wehre ich ab, beuge mich zu ihr und lehne meine Stirn an ihre. »Ich dachte nur, dass es grade mal etwas besser läuft ...?«

»Dachte ich auch ...« Sie klimpert mit dem Armkettchen, das Leon ihr erst vor Kurzem geschenkt hat, und lächelt traurig. »Aber offenbar haben wir uns da beide getäuscht.«

»Hast du schon mit ihm drüber geredet und gefragt, ob irgendwas ist?« Es heißt schließlich immer, dass nur sprechenden Menschen geholfen werden kann. Und vielleicht hilft es ja?

»Hab's versucht, aber er blockt alles ab, und wenn ich lange genug nachbohre, schläft er mit mir.« Da muss ich jetzt leider lachen. Und sie immerhin auch, wenn auch nicht so laut wie ich.

»Dein Ernst? Und du machst da mit?«, frage ich perplex, weil ich das jetzt gar nicht erwartet hätte. Sie wird knallrot bei meinen Worten.

»Naja, so bekomme ich immerhin Sex.«

»Boah, das klingt voll traurig, weißt du das?« Mitfühlend verziehe ich das Gesicht.

»Ja, schon, aber was soll ich machen? Er sagt halt immer, dass er das nicht so oft braucht und dass es nichts mit mir zu tun hat, aber ehrlich, welcher Mann in dem Alter will nicht ständig Sex? Weißt du ... wenn ich dir und Nick zusehe ... ihr seid nicht mal zusammen und ihr vögelt ungefähr ständig?!«

»Jaaaa, das stimmt wohl!«, gebe ich kichernd zu und mir ist das kein Stück peinlich!

»Ich beneide euch beide echt so! Also nicht generell, aber halt um den Sex ...« Sie seufzt tief und lang und ich bekomme glatt ein schlechtes Gewissen, weil es mir so gut geht im Moment und ihr leider so gar nicht.

»Ach Hannah ...«

»Nichts, ach Hannah, mich frustriert das alles so sehr! Manchmal frage ich mich, warum er überhaupt mit mir zusammen ist!«

Mir wird total flau im Magen vor lauter Mitgefühl. Am liebsten würde ich zu Leon gehen und ihn durchschütteln (schütteln, nicht schlagen! Obwohl, vielleicht ein bisschen ...) und fragen, was in seinem dämlichen Kopf vorgeht, dass er seine Freundin so quält.

»Schon mal überlegt, Schluss zu machen?«, platze ich dann raus. Nicht, weil ich es wirklich ernst meine, aber grundsätzlich ist das doch eine Frage, die man sich irgendwann stellt, wenn es nur bergab geht?

Wenn ich mir allerdings ihr Gesicht jetzt ansehe, wünschte ich, ich hätte den Mund gehalten.

Ihre Augen werden riesig, und kurz hab ich Angst, dass sie mir eine knallt.

»Bist du irre? Warum sollte ich Schluss machen?!«

Ich ziehe den Kopf ein und hebe abwehrend die Hände.

»War ja nur ne Frage, entschuldige! So scheiße, wie er zu dir ist ...«

»Ich liebe ihn! Und ja, manchmal ist er ein Arschloch, aber im Großen und Ganzen ist er meistens lieb!« Wieder muss ich an Nicks Worte denken.

»Na ja, gut, das musst du wissen, aber ich würde mir das nicht gefallen lassen ...«, verteidige ich meinen Standpunkt, denn ich finde, dass ich gar nicht so unrecht habe.

»Ja, du vielleicht, ich bin aber nicht du«, zickt sie jetzt los und ich seufze.

»Thema wechseln?«, frage ich vorsichtig, bevor wir jetzt doch noch streiten. Sofort wird ihr Gesichtsausdruck weicher.

»Okay ... Besser ist es wahrscheinlich. Wie kommst du mit Nick an euren Kostümen voran?«

»Es heißt Cosplay«, verbessere ich sie. »Und sehr gut! Nick meinte, wir werden locker fertig bis zur Con!« Sofort wandern meine Mundwinkel zu einem breiten Grinsen nach oben. Ich bin schon so wahnsinnig aufgeregt!

»Das ist toll! Hast du eigentlich Chain mal gefragt, ob er auch hingeht? Vielleicht könnt ihr euch dort ja treffen?« Verwirrt sehe ich sie an.

»Eh ... nö? Warum sollte ich?« Wie kommt sie denn jetzt darauf?

»Keine Ahnung, ich dachte, vielleicht interessiert ihn sowas ja? Vielleicht cosplayt er ja auch?«

Ich bin nur immer verwirrter.

»Hä?«

»Weiß nicht, ich dachte halt ...? Dieses RPG ist ja jetzt nicht sooo viel anders als in eine andere Rolle zu schlüpfen, oder? Ich dachte, vielleicht ist das gar nicht so weit voneinander weg?« In dem Moment, in dem sie es ausspricht, geht mir quasi ein ganzer Kronleuchter samt Kernkraftwerk auf.

Fuck, warum hab ich da nicht dran gedacht? Nick hat es doch sogar noch gesagt! Nur hab ich in dem Zusammenhang damals gar nicht dran gedacht! Das wäre ... oh mein Gott! Das wäre der Wahnsinn!

Gerade so kann ich mich beherrschen, mein Handy in der Hosentasche zu lassen. Jetzt ist Hannah wichtig, alles andere kann warten! Oh Gott, ich bin total hibbelig!

»Hannah ... Du bist brillant! Manchmal liebe ich dich echt, ohne Scheiß!« Ihr Lächeln wird warm und endlich wieder breiter. Sie sieht so hübsch aus, wenn sie lächelt ...

»Danke. Also für das Erste. Deine Liebe kannst du Nick schenken!«, sagt sie schmunzelnd und ich schüttle entschieden den Kopf.

»Der will sie auch nicht, der will nur meinen Schwanz«, erkläre ich und sie prustet gackernd los.

»Oh mein Gott, ihr zwei, ne?« Den Kopf schüttelnd sieht sie auf ihr Handy, wahrscheinlich um nachzusehen, ob Leon sich gemeldet hat. Ich sehe ihr deutlich an, dass sie enttäuscht ist. Wie es aussieht, hat keine neue Nachricht von ihm. »Sollen wir? In zehn Minuten geht der Film los.«

»Okay!« Bezahlt haben wir bereits, also trinke ich schnell meinen Kaffee aus und stehe auf. »Kann ich dir das Geld geben für Popcorn und Trinken? Ich muss nochmal aufs Klo.«

»Klar, ich hole uns einen Pärchensitz, okay?«, schlägt sie vor und ich verziehe gespielt beleidigt das Gesicht.

»Pfff, eben wolltest du mich nicht ...«

»Ach, als Fress- und Kinopartner will ich dich immer!«, lacht sie, während ich ihr das Geld in die Hand drücke.

Noch bevor ich die Klotür erreicht habe, ziehe ich mein Handy aus der Hosentasche. Ich muss wirklich aufs Klo! Ehrlich! Aber ich wäre geplatzt, hätte ich nicht vorher noch schnell ...

Wow! Meine Güte, war ich wichtig! Zwei verpasste Anrufe von Mum, drei Nachrichten von Tim und ...

›Ich wäre jetzt soweit.‹

›Kommst du noch?‹

›Bin eben essen.‹

›Wo bist du?‹

›?‹

›Du kannst auch einfach sagen, wenn du keine Lust hast!‹

Alter Schwede, was geht mit dem? Aber irgendwie ist es auch wieder süß! Meine Mundwinkel berühren fast meine Ohren, als ich antworte.

›Sorry, ne Freundin hatte nen Notfall und ich bin noch bei ihr. Wird leider noch später als gedacht, tut mir leid! T-T‹

Handy in die Tasche, ab vors Pissoir, Hose auf, Schwanz raus und schon vibriert mein Arsch, als Chain direkt antwortet. Maaaah, ich kann mich so nicht konzentrieren! Neben mir steht ein Typ, der mich schon ganz komisch ansieht, weil mein Gesicht Dinge tut, die ich nicht kontrollieren kann.

»Aaach fuck!«, zische ich, reiße mich am Riemen und sehe erst mal zu, dass ich pissen kann. Chain macht mich echt irre ...

»Alles okay?«, fragt der Kerl dann auch noch und ich winke mit einer Hand ab.

»Alles super.« Okay, fertig pinkeln, abschütteln, einpacken, anziehen, Hände waschen. Dann kann ich lesen!

›Hättest ja auch eher Bescheid sagen können, dann hätte ich auch noch was machen können.‹ Mehh, jetzt ist er sauer.

›Tut mir leid! War echt ein Notfall! In drei Stunden bin ich da und dann gehöre ich nur dir! <3‹, beteuere ich und kriege ein bisschen Stress, weil ich jetzt echt zurück zu Hannah muss, aber ich kann hier nicht raus, ohne seine Antwort!

›Ich will´s hoffen!‹ Ich spüre richtig, wie meine Augenbrauen so hoch auf meine Stirn krabbeln, dass sie sich mit meinen Haaren zu einem Date treffen könnten. Er will´s hoffen?

Das klingt ganz schön ... einnehmend? Gefällt mir aber!

›Versprochen! Ich muss dich dann btw unbedingt was fragen!‹ Ich will nicht aus dem Klo raus!

Aber ich will auch nicht neben Hannah mit ihm schreiben, das wäre voll unhöflich! Mein Handy vibriert.

›Was denn?‹

›Später, ich muss wieder! :*‹ Oh ... der Kusssmiley war jetzt keine Absicht, aber hey, er wird´s überleben. Wenn er schon hofft, dass ich später ihm gehöre ... Mein Nacken kribbelt angenehm bei diesen Gedanken. Chain mag mich. Und er verbringt gerne Zeit mit mir. Das ist ... echt cool zu wissen.

Sekunden später stehe ich wieder bei Hannah, die eben mit Popcorn und zwei Getränken aus der Schlange tritt und etwas überfordert aussieht. Schnell nehme ich ihr das Popcorn ab, bevor sie es fallen lässt.

»Grinst du wegen mir so?«, fragt sie und bringt mich damit ein bisschen aus dem Konzept.

»Hä?«

»Ob du mich auslachst, du Depp?«

»Warum sollte ich?« Verwirrt sehe ich sie an. Mir war nicht mal bewusst, dass ich überhaupt gegrinst habe.

»Keine Ahnung?« Sie lacht. »Oder freust du dich über etwas? Hat Chain geschrieben?« Sofort werde ich ein bisschen rot, auch wenn ich nicht genau weiß warum.

»Ja, hat er«, gebe ich zu und nicke glücklich. »Er hat mich angemeckert, warum ich keine Zeit für ihn habe!«

»Aaaawww, das ist doch toll!«, strahlt sie und stupst mich sanft von der Seite an.

»Jap, ist es! Wir schreiben dann später. Jetzt erst mal Kino!«

»Ich freu mich echt für dich! Hast du ihn schon gefragt wegen der Convention?«

»Ne, das mach ich heute Abend in Ruhe. Aber drück mir dann die Daumen.« Ich bin jetzt schon total nervös, wenn ich daran denke! Aber wie denn auch nicht! Es besteht so immerhin der Hauch einer Chance, dass ich Chain tatsächlich kennenlerne! Live und in Farbe! Das ist alles so aufregend!

***

Der Film war geil! Wirklich richtig geil!

Ich bin total froh, dass ich Hannah zuliebe mitgegangen bin, sonst hätte ich mir den nämlich nicht angesehen, weil der Trailer mich nicht überzeugt hatte und da hätte ich definitiv was verpasst. Langsam schlendern wir nebeneinander zur Bahnstation.

»Geht's dir ein bisschen besser?«, traue ich mich, schließlich zu fragen und lege ihr einen Arm um die schmalen Schultern.

»Hm ... etwas«, sagt sie leise und lehnt sich im Gehen gegen mich.

»Das ist gut ... Es tut mir echt leid, dass Leon manchmal so ein Arsch ist. Ich würde ja anbieten, dass ich mal mit ihm rede – aber vermutlich würde das nichts bringen außer blutigen Nasen auf beiden Seiten.« Leise lachend schüttelt sie den Kopf.

»Das glaube ich auch ... Das würde leider gar nichts ändern. Aber danke.«

»Kein Ding, dafür bin ich da! Aber wenn du irgendwann mal findest, dass sein Gesicht mit einem hübschen Veilchen besser aussieht, sag Bescheid!« Jetzt lacht sie richtig.

»Geht klar, mache ich!« Wir erreichen die Station und ich drücke sie nochmal kurz, bevor sich unsere Wege trennen, weil sie zu einem anderen Gleis muss.

»Lass dich nicht so von ihm ärgern. Er ist ein Arsch mit Ohren und hat dich gar nicht verdient.«

»Weiß ich doch.«

»Sehr gut. Dann bis morgen!« Ich bekomme einen kleinen Kuss auf die Wange, dann löst sie sich von mir.

»Bis morgen. Und danke, dass du mitgekommen bist.«

»Immer wieder gerne«, erwidere ich lächelnd und dann trennen wir uns. Ich warte gerade noch, bis ich um die nächste Ecke bin, dann zerre ich auch schon mein Handy aus meiner Hosentasche und werfe es fast die Treppe zum Gleis runter.

›Bis später‹, steht da von vorhin und sofort bin ich wieder sehr breit und sehr zufrieden am Grinsen.

›Sooooooo, da bin ich! Noch nicht zu Hause, aber immerhin in der Bahn! X3‹

›Wb‹ Redselig wie immer.

›Thx! XD Und, was hast du noch gemacht?‹, will ich wissen.

›Außer auf dich zu warten?‹ Der gemeine Sack.

›Ja? XD‹ Der kann mir nicht erzählen, dass er die ganze Zeit nichts anderes gemacht hat, als auf mich zu warten. Im Leben nicht.

›Was wolltest du mich fragen?‹ Okay ... oder vielleicht doch? Egal, jetzt heißt es hoffen und beten!

›Ach ja! Also, in etwas weniger als zwei Monaten ist da diese gewisse Convention. Ich fahr da mit nem Kumpel hin und wollte fragen, ob du zufällig auch dort bis und ob du Lust auf ein Treffen hättest?‹ Meine Finger, ey! Die zittern richtig vor Aufregung und was mein Herz da macht, ist auch nicht mehr normal!

›Ich gehe nicht auf Conventions.‹ Okay, damit hätte ich rechnen können. Dennoch ... warum kann er mir nicht ein verdammtes Mal nur einen verfluchten Schritt entgegenkommen?

›Ich weiß ja nicht, wo du wohnst, aber falls sie bei dir nicht ganz so weit weg ist, vielleicht könntest du eine Ausnahme machen? Ich würde dich echt gerne live kennenlernen ...‹

Und weil ich ein Honk bin, schicke ich ihm noch einen Link der Con, damit er sich das mal ansehen kann. Bitte ... bitte, bitte, bitte ...

›Danke, aber nein danke. Das ist nicht mein Ding. Zu viele Menschen.‹

›Wir können uns auch danach treffen?‹ Ich will noch nicht aufgeben. Aber es sieht nicht gut aus.

›Nein.‹ Gar nicht gut.

›Okay ... schade ...‹ Meine Brust schmerzt und ich merke, dass ich vergessen habe, richtig zu atmen, vor lauter Anspannung. Ach Mann, ich dachte echt ...

›Tut mir leid.‹ Das kann er sich jetzt auch schenken.

›Hm, schon klar.‹ Die Enttäuschung trifft mich richtig hart. Obwohl ich nichts anderes hätte erwarten dürfen. Aber ich hatte wirklich gehofft ...

›Tut es wirklich! Ich würde dich sehr gerne sehen, aber das geht nicht.‹

›Warum?‹, hake ich jetzt einfach nach. Denn … warum auch nicht?

›Das kann ich dir nicht sagen.‹ Aha …

›Bist du 40, verheiratet und hast drei Kinder?‹, kann ich es mir nicht verkneifen zu fragen und verziehe angesäuert das Gesicht. Dafür, dass ich mich so darauf gefreut habe, mit ihm zu schreiben, läuft das jetzt gerade echt nicht so geil.

›Bitte was?!‹

›Ja, keine Ahnung, ich versuche nur, zu verstehen, warum du mich nicht sehen willst!‹ Dann merkt er halt, wie enttäuscht ich bin, und?

›Ich sagte eben, dass ich will, aber eben nicht kann!‹

›Dann sag mir doch zumindest warum?‹, beharre ich.

›Das geht nicht!‹

›Aber warum denn!‹ Ich schnaufe frustriert und streiche mir Haare aus dem Gesicht, was ungefähr gar nichts bringt, weil die bockigen Biester sofort zurückfallen und mich am Nasenrücken kitzeln. Ich muss zum Friseur.

›Hör mal, ich will mich nicht mit dir streiten! Ich hatte mich gefreut, heute mit dir zu schreiben, aber wenn du mich weiter so bedrängst, bin ich weg.‹

Ich schlucke schwer, als ich das lese. Es tut weh ... ziemlich. Warum weist er mich immer und immer wieder ab und sagt gleichzeitig, dass er mich eigentlich auch sehen will? Ich verstehe das nicht. Aber dass er abhaut, will ich erst recht nicht.

›Tut mir leid. Ich hör auf‹, lenke ich schließlich ein und seufze tief. Ach Mann, es hätte doch auch einfach klappen können ...

›Danke. RPG?‹ Immerhin verzieht er sich nicht direkt wieder.

›Jo, gerne! Fängst du an oder soll ich?‹

›Ich fange an.‹ Dann ist er erst mal weg. Ich kriege eine Einladung zu einem neuen RPG, das er ›Not today‹ genannt hat, dann sitze ich da und starre auf die App, warte, dass der Einstiegspost kommt, und bin dann etwas irritiert, als von oben ein WhatsApp-Balken in mein Display rutscht.

›Muss afk, es hat geklingelt. Bin gleich wieder da.‹

Und das ist die letzte Nachricht, die ich an diesem Abend von ihm bekomme.

***

Am nächsten Morgen bin ich deswegen immer noch angefressen. Also, nicht wirklich angefressen aber Enttäuschung trifft es auch nicht mehr. War das seine Rache dafür, dass ich ihn mit der Con ›bedrängt‹ habe? Ich habe dann doch aufgehört, er hätte nicht einfach verschwinden müssen.

Auch die Nachricht, die ich wohl irgendwann um halb zwei bekommen habe, hat es nicht besser gemacht.

›Sorry, hat länger gedauert.‹ Ach ne, das wäre mir gar nicht aufgefallen.

Im Bus zur Uni überlege ich, ob und was ich darauf antworten soll. Eigentlich könnte ich ihn jetzt auch schmoren lassen, aber uneigentlich ist das nicht meine Art.

›Nicht schlimm‹, schreibe ich schließlich, dann muss ich aussteigen und dann -

»Oh Gott, Hannah!«, entkommt es mir geschockt, als ich meine beste Freundin mit roten, definitiv vom Weinen geschwollenen Augen am Tor entdecke. Sofort sehe ich zu, dass ich zu ihr komme und dann hab ich sie auch schon in eine feste Umarmung geschlossen.

»Alles gut! Es ist alles okay!«, japst sie erstickt, aber ich spüre ganz deutlich, dass sie sofort hektischer Luft holt. Nichts ist in Ordnung.

»Was ist passiert? Sag mir jetzt bitte nicht -«

»Nein!«, fällt sie mir sofort ins Wort und ich atme erleichtert aus. Ich dachte grade echt ... oh Mann ...

Sie atmet tief durch, löst sich von mir und schenkt mir ein sehr wackeliges Lächeln.

»Gott, du siehst echt schlimm aus«, brumme ich, nehme ihr Gesicht in beide Hände und streiche ihr mit den Daumen sanft über die gerötete Haut.

Sie blinzelt, schluckt, dann lacht sie kurz, auch wenn es sich mehr nach einem Schluchzer anhört.

»Vielen Dank! Das passiert, wenn man die halbe Nacht heult ...«, erklärt sie schniefend und wischt sich über ihre verquollenen Augen.

»Was war denn? Also, du bist jetzt nicht Single, das hab ich richtig verstanden, oder?« Sie schüttelt den Kopf, nimmt meine Finger, die gerade ziemlich kühl sind, im Gegensatz zu ihren, und legt sie über ihre geschlossenen Augen. Ein erleichtertes Seufzen folgt.

»Das tut so gut ...«

»Bitte, gerne, aber jetzt erzähl! Warum sieht meine beste Freundin so aus, als hätte ihr Arschlochfreund mit ihr Schluss gemacht?«

Sie seufzt nochmal, behält meine Hände über ihren Augen.

»Weil sie selbst fast mit ihm Schluss gemacht hätte.« Ungläubig starre ich sie an. Das ist doch ein Scherz!

»Was?!«, kriege ich schließlich vollkommen fassungslos heraus. Das haut mich um! Vollkommen! Was zur Hölle?!

Sie nickt erst mal, seufzt wieder, dann bekomme ich meine Hände zurück und sie sieht mich traurig an.

»Ich bin direkt nach dem Kino zu ihm und hab ihn zur Rede gestellt wegen gestern früh und halt generell, weil er ständig so kalt und abweisend ist. Ich weiß selbst nicht, wie es passiert ist, plötzlich habe ich gesagt, dass es wahrscheinlich besser wäre, wenn wir uns trennen, weil ich das Gefühl habe, dass er das alles nicht mehr will, und ja ...« Ich bin für gut fünf Sekunden sprachlos. Und das soll bei mir schon was heißen!

»Das hätte ich nie im Leben erwartet! Du bist doch immer so … keine Ahnung? Du liebst ihn so und verteidigst ihn immer, ich hätte nicht gedacht, dass ... wow ...«

»Ich weiß. Aber weißt du, seit Nick da ist ...«

»Nick?!«

»Lass mich ausreden!« Sie schubst mich und ich traue mich zu einem kleinen Grinsen. Aber hallo, was hat das alles bitte mit Nick zu tun?

»Seit das mit euch beiden geht, habe ich quasi das Paradebeispiel einer perfekten Beziehung vor der Nase.«

»Eh ... Nick und ich sind nicht zusammen«, erinnere ich sie und schiebe meine Hände in die Jackentaschen, weil es heute echt scheißkalt ist.

»Ich weiß! Das ist ja das Schlimme. Ihr seid nicht zusammen, und dennoch geht ihr so liebevoll miteinander um. Jeder kann sehen, dass ihr euch total gernhabt, und ständig fasst ihr euch an und lacht und scherzt und dann ...« Sie stockt und senkt verschämt den Blick. Ach, darum geht es.

»Dann denkst du an Leon, den Eisklotz, der halt einfach nur da ist.«

»Ja.« Sie blinzelt heftig und ich fürchte schon, dass sie gleich anfängt zu weinen. Sic tut mir so unendlich leid.

»Du weißt aber, dass Leon nie so sein wird wie Nick? Er ist halt mal generell ruhiger und alles ...« Ich komme mir total hilflos vor. Wie nimmt man jemanden in Schutz, den man selbst nicht wirklich mag, aber weiß, dass der andere das gerade hören muss?

»Ich weiß, und trotzdem ...« Ihre Stimme zittert. Genau wie ihre Hände und eigentlich ihr ganzer Körper. Ich bezweifle, dass das von der Kälte kommt.

»Hm ... also ich versteh dich schon, aber ... Das ist echt blöd. Wie seid ihr jetzt verblieben? Beziehungsweise wie hat er reagier, als du meintest, du willst Schluss machen?«, frage ich vorsichtig und jetzt sieht sie mich wieder an.

Sie lächelt schwach.

»Er sah aus, als hätte ich ihm volle Kanne eine reingehauen.«

»Haha, das glaube ich! Damit hat er nicht gerechnet, oder?« Ich stupse gegen ihre Schulter.

»Nein, kein Stück! Also, wirklich emotional ist er nicht geworden, aber er war sehr lieb zu mir, hat mich in den Arm genommen, mir gesagt, dass er mich liebt, und ja ... Ich hab dann, glaub ich, zwei Stunden durchgeheult.« Sie zuckt die Schultern und vergräbt ihre Hände tief in den Manteltaschen.

»Warum das denn?« Das verstehe ich nicht. Das klingt doch gut? Als ob wieder alles in Ordnung wäre?

»Keine Ahnung ... Ich hatte vorher solche Angst, dass er sagt: Okay, dann machen wir Schluss, passt mir gut! Oder etwas in der Richtung, und ich war dann halt total erleichtert. Ich dachte echt, das war's jetzt ...«

»Du bist ein Honk«, brumme ich und schnaube leise. Man kann es sich auch schwerer machen als nötig.

»Du bist selbst einer!«, lacht sie leise, als ich sie wieder in meine Arme ziehe.

»Mag sein! Also ist jetzt wieder alles gut?«

»Ja, schon ... Er hat versprochen, sich ein bisschen mehr zu bemühen.« Ich höre das zufriedene Lächeln in ihrer Stimme, aber ehrlich, ihre Worte verursachen mir ein unangenehmes Gefühl.

»Nur fürs Protokoll: Sowas ist aber auch nicht richtig, ne? Er ist ein eiskalter Idiot, ich bezweifle, dass es was bringt, wenn er sich bemüht, außer, dass es ihn nervt. Und davon abgesehen sollte er sich auch gar nicht bemühen müssen, verstehst du, was ich meine? Er sollte sich von sich aus anders verhalten. Das sollte ganz automatisch kommen und keine Anstrengung für ihn sein«, gebe ich zu bedenken. Ich meine das nicht böse, um Himmels willen! Ich würde es ihr von Herzen gönnen, wenn es mit den beiden wieder besser läuft, aber ein solches Versprechen kann man auf Dauer nicht halten. Und das weiß sie selbst eigentlich auch.

»Seit wann bist du so ein Experte, wenn es um Leon geht?«, fragt sie spitz, direkt ein bisschen abwehrend. Ist mir schon klar, dass sie das nicht hören will.

»Sorry, sollte nicht so klingen. Ich freu mich für euch, wenn's jetzt besser läuft«, brumme ich dann versöhnlich und seufze lautlos in ihre Haare. Oh Mann ... das klingt echt alles nicht so gut.

Ich hatte überhaupt nicht auf dem Schirm, dass es Hannah so mies geht.

»Danke ... und danke fürs Zuhören.« Kurz drückt sie mich nochmal fest an sich, bevor sie sich von mir löst.

»Ich würde sagen, gehen wir einfach frühstücken und lassen die erste Vorlesung ausfallen?«, schlage ich vor. Zum Glück kann ich mir Fehlzeiten gerade leisten.

***

Am Abend sitze ich mit Tim und Nick wieder im Castello. Mehr als ein Wasser gibt's heute nicht für mich. Ich kann nicht ständig essen gehen, wenn ich mein Cosplay in der Qualität haben möchte, die Nick und mir vorschwebt. Gerade habe ich den beiden von heute Morgen und dem Gespräch mit Hannah erzählt, als es in meiner Hosentasche brummt. Ich ziehe mein Handy raus. Chain.

›Was machst du?‹ Den ganzen Tag hat er sich noch nicht gemeldet und jetzt ist es schon halb acht. Ich habe ihm in der Zwischenzeit schon zweimal geschrieben und jetzt kommt er mir so? Schnaubend lege ich das Handy mit dem Display nach unten auf den Tisch.

»Alles okay?«, fragt Nick und sieht mich forschend von der Seite an.

»Jop, alles gut. Jedenfalls meinte sie dann, dass sie quasi eifersüchtig auf dich und mich ist, weil wir so gut harmonieren«, erzähle ich ihm noch den Rest des Gesprächs. Er ist genauso irritiert, wie ich es war.

»Hä? Warum muss man da eifersüchtig sein?«, fragt er kopfschüttelnd.

»Versteh ich auch nicht. Weiber, ey«, brummt Tim, während er sich zum wahrscheinlich hundertsten Mal im Restaurant umsieht in der Hoffnung, die wunderschöne Kellnerin wiederzusehen.

Hat sich bei unserem letzten Besuch nämlich nicht getraut, ihr seine Handynummer zuzustecken, der Idiot.

»Na, ich versteh das schon, irgendwie, aber das wird sie mit ihrem Ekelpaket von Freund nie haben, weil der einfach vom Typ her ein Fisch ist. Ein toter Fisch, müsste ich raten ...« Vor Hannah muss ich mich mit solchen Statements zurückhalten, aber vor Nick und Tim kann ich sagen, was ich will. Sie wissen ja beide, was ich von Leon halte, auch, wenn sich unser Verhältnis seit der Party minimal gebessert hat.

»Du bist echt ganz schön fies! Was ist eigentlich dein Problem mit dem?«, will Nick dann wissen.

»Außer, dass er scheiße zu meiner besten Freundin ist?«, frage ich schnaubend und er nickt.

»Ja.«

»Na ja, er ... also ... Ich kann halt nix mit seiner Art anfangen. Er ist immer so zugeknöpft und distanziert und macht ein Gesicht, als wäre er 24/7 von Gott und der Welt genervt!«, ereifere ich mich und finde, dass ich vollkommen recht habe. Wer, außer Hannah, hält das denn auf Dauer aus?

»Also am Samstag war's doch okay? Ich meine, du hast ...« Er unterbricht sich, deutet erst auf seinen Hals und dann auf seinen Schritt und grinst fies. Lachend trete ich ihm gegen das Schienbein und Tim sieht uns verwirrt an.

»Hab ich was verpasst?«

»Leon hat am Samstag von Mike nen Bodyshot bekommen und unser Herr ›Ich-hasse-den-Freund-meiner-besten-Freundin-weil-er-doof-ist‹ hier ist davon geil geworden.« Manchmal will ich Nick für sein großes Mundwerk erwürgen! Tims Augen springen ihm fast aus dem Kopf.

»Du bist, verdammt, was?!«, brüllt er durch den Laden und schon haben wir fast die komplette Aufmerksamkeit der übrigen Gäste. Großartig.

»Entschuldigung«, japse ich mit hochrotem Kopf einmal in die Runde, bevor ich Tim sauer anzische. »Schrei nicht so rum, bist du blöd?!«

»Scheiße, Mann, tut mir leid, aber was zum Fick?«, brummt er jetzt leiser und sieht mich schockiert an. Und zumindest das kann ich ihm nicht mal verübeln!

»Ich weiß selbst nicht, wie das passieren konnte!«, versuche ich zu erklären. Mein Kopf glüht und ich hasse Nick dafür, dass er das Thema nochmal aufgebracht hat. Das war jetzt echt unnötig!

»Ich meine, ernsthaft? Bei Leon? Gerade bei ihm?« Tims Augenbrauen kleben direkt unter seinem Haaransatz und ich fürchte, dass sie da oben erst mal bleiben werden.

»Ich sage doch gerade, ich habe keine Ahnung, wie das passieren konnte!«, murre ich genervt. Können die bitte aufhören, daraus so eine große Sache zu machen? Mir ist das schon peinlich genug!

»Weiß Hannah davon?«, fragt Tim jetzt und ich spüre, wie meine Brauen es seinen gleichtun und immer höher auf meine Stirn krabbeln.

»Fuck, nein! Ich werde ihr sicher nicht sagen, dass das Stöhnen ihres Freundes mich anturnt!« Ist der noch zu retten?

»Er hat gestöhnt?!« Tim sieht mit jedem Satz verstörter aus und trotz aller Peinlichkeit muss ich lachen.

»Hat er«, bestätige ich nickend. »Ich glaube zwar, dass das eher an Hannah gelegen hat, aber …«

»Also ganz ehrlich, so wie ihr euch angesehen habt, hatte das überhaupt nichts mit Hannah zu tun«, mischt Nick sich jetzt wieder ein. Der Sack soll still sein! Vor allem, weil mir direkt wieder sehr warm wird, als ich an diesen Moment zurückdenken muss. Leons Blick war ... Keine Ahnung ... Er war so intensiv, so ausdrucksstark ... Ich glaube, ich habe noch nie gesehen, dass er jemanden so angesehen hat. Er ist immer so passiv und desinteressiert, aber als er da in meinem Arm lag und zu mir hochgesehen hat, das war ... Fuck, es kribbelt. Überall.

»Geht's dir gut? Du siehst aus, als würdest du gleich auf den Tisch kotzen.« Nicks Gesicht sieht nicht gerade mitleidig aus, also boxe ich ihm gegen die Schulter.

»Arschloch, mir geht's gut!«

»Hmhm, dann passt's ja ...« Der Sarkasmus trieft aus jedem Wort.

»Halt die Klappe!«

»Ich sag doch gar nichts!«, lacht er und ich schlage gleich nochmal nach ihm.

»Hör auf jetzt, mir ist das schon peinlich genug! Und wenn du Hannah das erzählst, rede ich kein Wort mehr mit dir!«, drohe ich, und es ist mein voller Ernst, denn ehrlich, das würde absolut unnötigen Ärger bedeuten! Sie muss das nicht wissen. Es ist nichts passiert!

»Wow, jetzt krieg dich wieder ein, das würde ich nie machen!«, beteuert Nick, hebt abwehrend die Hände.

»Du hättest es auch Tim nicht sagen müssen?!«, halte ich dagegen und er nickt, macht aber sofort den Mund auf, um mir zu widersprechen. Allerdings kommt Tim ihm zuvor.

»Ich sollte das für Hannah filmen. Erster Ehekrach! Dann sieht sie, dass ihr auch nicht sooo perfekt seid.«

»Halt die Klappe!«, pampen Nick und ich Tim gleichzeitig an und dann müssen wir alle lachen.

»Ihr zwei, ey ... Wie Arsch auf Eimer, ohne Witz. Ich versteh echt nicht, warum ihr nicht zusammen seid.« Jetzt wieder grinsend sehen Nick und ich uns an.

»Wozu denn? Wir haben auch so alles, was wir brauchen, das passt schon so«, brumme ich.

Eine Bewegung von rechts weckt meine Aufmerksamkeit. Das Mädel, wegen dem wir hier sind! Sie trägt zwar keine Schürze, ist also auch nicht im Dienst, aber sie reagiert, als ich Blickkontakt aufbaue und sie zu mir winke.

»Schönen guten Abend. Ist etwas nicht in Ordnung?«, fragt sie höflich, schüttelt ihr blauschwarzes Haar über die Schulter nach hinten und lächelt freundlich. Sie ist wirklich eine Augenweide.

Tim ist schon wieder jenseits von Gut und Böse und ziemlich dämlich am Grinsen.

»Jein«, sage ich, grinse kurz zu ihm, dann sehe ich wieder sie an.

»Wir sind jetzt schon zum fünften Mal hier, in der Hoffnung, dass du arbeitest, weil mein Freund hier dir unbedingt seine Telefonnummer geben möchte. Nur irgendwie haben wir beschissenes Timing«, erkläre ich freundlich lächelnd und dann ... Oh Gott, ist das niedlich!

Ihr Blick und der von Tim treffen sich und sie wird rot! Nicht sehr, aber der sanfte Hauch auf ihren Wangen macht sie noch schöner als ohnehin schon, und ich glaube, Tim ist gerade gestorben.

»Ahm ... Ich ... Ich arbeite hier eigentlich nicht, das ... das Restaurant gehört meinem Vater und ... ahm ... ich helfe nur manchmal aus«, stammelt sie los und ich muss mich beherrschen, nicht zu lachen. Sie ist ja genauso schlimm wie Tim.

»Ah, das erklärt es natürlich! Darf er dir dennoch seine Nummer geben? Also, ich komme echt gerne her, das Essen ist der Hammer, aber der arme Mann leidet echt und würde dich so gerne mal ausführen ...« Ein leises Ächzen kommt von Tim. Doch nicht tot. Sehr gut. Ich muss mich inzwischen echt beherrschen, nicht loszugackern, weil die Situation so ulkig ist.

»Ich ... ahm ... okay?«

»Yeah, super! Tim?! Nummer!«

Endlich kommt Bewegung in meinen besten Freund. Ich hatte schon befürchtet, er verkackt es auf den letzten Metern, und während Tim verzweifelt nach Zettel und Stift sucht, biete ich dem Mädchen den Stuhl neben ihm an. »Ich bin übrigens Mike. Das ist Nick und das Tim«, stelle ich uns dann mal vor. Ein bisschen Höflichkeit muss sein.

»Ich heiße Fiona. Freut mich sehr.« Ihr Blick huscht zu Tim und das Rot auf ihren Wangen wird noch ein bisschen intensiver. Gott, er darf das jetzt bloß nicht versauen, sie ist echt Zucker!

»Ich freu mich auch!«, platzt Tim raus, knallt jetzt endlich Zettel und Stift auf den Tisch und schiebt beides zu ihr rüber.

»Du musst deine Nummer noch draufschreiben«, helfe ich nochmal nach. Ich hoffe, er fällt uns nachher nicht in Ohnmacht.

»Ach ja, sorry.« Eine Minute später sucht er einen neuen Zettel, weil er sich dreimal verschrieben hat.

»Tim ... Gib ihr doch bitte einfach dein Handy ...«, seufzt Nick schließlich, und lacht dann leise, als Tim ein Gesicht macht, als würde er am liebsten seinen Kopf auf den Tisch donnern. Oh Mann ...

Und während Tim alles dafür tut, sich vor Fiona schon vor dem ersten Date zu blamieren, greift meine Hand ganz von allein zu meinem Handy. Wieder lese ich die Nachricht von Chain und ... Ach egal.

Ich öffne den Chat und antworte.

›Bin mit Freunden essen. Du?‹

»Chain?«, fragt Nick direkt und ich nicke, woraufhin er sich so abwendet, dass er mein Display nicht direkt im Blickfeld hat. Ich danke ihm innerlich einmal mehr, dass er so einen guten Sinn für Privatsphäre hat.

Leider kommt erst mal keine Antwort. Erst als Tim es geschafft hat Fiona sein Handy zu geben, wieder zurückzunehmen, um es zu entsperren und dann die Kontakte zu öffnen, leuchtet es wieder auf.

›Bin zu Hause und lerne. Könnte etwas Ablenkung vertragen.‹ Hmhm … Ablenkung ...

Na ja gut, wir haben immer noch unser RPG. Aber

ich bin immer noch ein bisschen angefressen, weil er gestern einfach weg war.

›Ich bin frühestens in einer Stunde zu Hause.‹

›Dachte, du kannst auch am Handy schreiben?‹ Da hat es aber jemand nötig.

›Ich bin noch nicht allein‹, gebe ich zurück und schnaube. Er ist nicht der Mittelpunkt meiner Welt, ja?

›Aber später dann?‹ Gereizt knirsche ich jetzt sogar leise mit den Zähnen.

›Wärst du gestern nicht abgehauen und nicht wiedergekommen, hätten wir längst angefangen!‹

In letzter Sekunde kann ich mich bremsen, die Nachricht abzuschicken. Wenn ich das mache, schreibt er bestimmt gar nicht mehr. Mann ... Also, auf ein Neues.

›Ich melde mich, sobald ich kann <3‹ Kurz denke ich darüber nach, das Herz wieder zu löschen, lasse es dann aber so.

›Kk, bis dann.‹ Hm ... ein Smiley hätte ihn bestimmt nicht umgebracht.

***

Wir sitzen noch etwa eine Stunde im Restaurant, weil Fiona schlussendlich einfach neben Tim sitzen geblieben ist und wir den armen Jungen nicht einfach von ihr wegzerren wollten. Alleine mit ihr bleiben wollte er nämlich auch nicht. Hat auf dem Klo zu mir gemeint, dass er sich da erst seelisch drauf vorbereiten muss, sonst kriegt er kein Wort raus, und nachdem ich ihn dafür noch angemessen ausgelacht habe, saßen wir halt da und haben uns zu viert unterhalten.

»Fiona ist echt nett, oder? Ich finde, sie passt zu Tim.« Wir betreten die große U-Bahnstation in der Innenstadt, in der es um diese Uhrzeit aber ziemlich ruhig ist.

»Absolut. Die werden beim ersten Treffen wahrscheinlich beide mit feuerrotem Kopf voreinander sitzen und kein Wort rausbringen. Und dann wahrscheinlich damit auch noch zufrieden sein, weil sie immerhin Zeit miteinander verbracht haben. Ich hätte nicht erwartet, dass Tim so unsicher sein kann.« Amüsiert schüttle ich den Kopf.

»Ich auch nicht. Das ist das erste Mal, dass ich ihn so erlebe. Ich musste mir so das Lachen verkneifen.«

»Was heißt verkneifen, für mich sah das teilweise nicht danach aus. Man hat schon sehr deutlich gesehen, wie lustig du das fandest. Apropos lustig. Okay, das war weniger lustig, aber ich muss gerade wieder daran denken.« Fragend sehe ich zu ihm, während wir langsam die Stufen zum unteren Gleis hinunter gehen.

»Tut mir leid, wegen der Ständersache. Also, dass ich ihm von Leon und dir erzählt habe. Ich dachte, dass das für dich klargeht, wenn er es weiß. Sorry.« Sein Lächeln ist ehrlich, und auch wenn er nicht sonderlich reumütig wirkt, glaube ich ihm, dass es ihm leidtut.

»Na, weißt du, das ist blöd zu erklären. Tim ist mein bester Freund, aber es gibt Dinge, über die rede ich einfach nicht mit ihm. Und das fällt da mit drunter. Frag mich nicht warum, so genau weiß ich das selbst nicht, aber es war mir einfach unangenehm und es wäre mir lieber gewesen, wenn das einfach unter uns geblieben wäre. Ist aber okay. Ist ja keiner dran gestorben.« Versöhnlich streiche ich über seinen Unterarm und halte ihn kurz fest, um ihn zu küssen. »Aber wenn du's Hannah erzählst, mache ich dich wirklich einen Kopf kürzer, das war kein Scherz.« Er lacht und verdreht die Augen, bevor er mir den Arm um die Schultern legt und wir die letzten Stufen schwankend zurücklegen.

»So schlau bin ich auch. Keine Sorge, von mir erfährt niemand mehr davon. Großes Indianerehrenwort.«

Zufrieden lasse ich mich von ihm zur Mitte des Gleises ziehen. Finde ich wirklich schön, dass er sich dafür extra nochmal entschuldigt. Hätte ich nicht erwartet. Ich war auch nicht so wirklich sauer, wenn ich ehrlich bin.

Mir ist das mit Leon einfach echt extrem peinlich, und ich weiß ja selbst nicht, was ich davon halten soll.

Also klar, er ist heiß, das steht außer Frage! Ich fand schon immer, dass er optisch der Knaller ist, aber das heißt noch lange nicht, dass ich mit ihm in die Kiste steigen würde. Eigentlich gar nicht.

Leon gehört zu Hannah. Ende. Da gibt's keine Diskussion und das war auch nie Thema. Nicht mal unterschwellig! Gar nicht! Ich mag ihn ja nicht mal! Ich habe wirklich absolut keine Ahnung, warum ich so heftig auf ihn reagiert habe, am Samstag! Wahrscheinlich sollte ich einfach aufhören, mir darüber Gedanken zu machen. Es ist passiert, ich kann es nicht ändern, aber es hat niemandem geschadet und so lange Hannah es nicht weiß, und erst recht nicht Leon, sollte alles okay sein. Hoffe ich.

»Also dann, bis morgen?«, fragt Nick und streicht sich mit von der Kälte roten Fingern durch die Haare.

»Denke schon.« Seine Faust stößt gegen meine, dann steige ich in meine Bahn, während er auf dem Gleis zurückbleibt. Seine Bahn kommt erst in fünf Minuten. Ich suche mir einen freien Platz, die Türen schließen sich und der Wagen rollt an.

So. Chain.

Das ist doch etwas, mit dem ich mich viel lieber beschäftigen möchte, als damit, was mein Körper in Leons Gegenwart tut. Ha, ha ...

Kopfschüttelnd hole ich mein Handy raus und öffne unseren Chat.

›So, bin da.‹

›Wb.‹ Seine Antwort kam nach nicht einmal fünf Sekunden. Das ist ein Rekord!

›Thx.‹ Sofort bin ich ein bisschen besser gestimmt.

›Willst du direkt anfangen? Den Einstieg habe ich schon gepostet.‹ Da kommt aber einer direkt zur Sache. Eigentlich hatte ich gehofft, wir reden noch ein bisschen.

›Jo gleich. Wie war dein Tag?‹ Vielleicht kann ich ihn ja ein bisschen dazu nötigen?

›War okay.‹

›Meiner auch, danke der Nachfrage -.-‹ Läuft ja super.

›Gut.‹ Leicht frustriert starre ich auf den Chat. Okay ... Ein Seufzen, weil das irgendwie so aussieht, als stünden wir wieder am Anfang, dann gebe ich auf und wechsle zur RPG App. Ah, da ist der Post.

Flynn ist Sklave auf einer Insel und gehört Josuhas Onkel, was eigentlich heißt, dass die beiden nichts miteinander haben dürfen, aber die zwei können die Finger nicht voneinander lassen und so hat Josuha sich ... er ... öh ...

Okay, das stand so aber definitiv nicht in Nicks Vorschlag. Da stand nur was von Sex, aber nichts von Liebe. Erst recht nichts davon, dass Josuha sich in Flynn verliebt ...

Ich bin nicht mal sicher, was ich gerade denken soll, weil ... Damit habe ich nicht gerechnet.

Flynn: Flynn wusste nicht so ganz, was er mit dem anderen nun anfangen sollte, als er da in seiner Küche stand. »Kann ich Euch weiterhelfen, Master Josuha?«

(Flynn: Seit wann empfindet Josuha was für Flynn?)

Josuha: »Ich wollte kurz mit dir reden. Es geht um die Veranstaltung am Wochenende. Mein Onkel hat da bestimmte Vorstellungen, die ich mit dir abklären soll.«

(Josuha: Spielt eigentlich keine große Rolle)

(Flynn: Nein, nein! Ich meine, seit wann schreibst du das so? Mit Gefühlen und so?)

(Josuha: Ich kann's auch wieder rausnehmen?)

(Flynn: So mein ich das nicht! Ich wundere mich doch bloß! XD)

(Josuha: Hast Recht, ist ne blöde Idee, lassen wir's. Ich muss sowieso los.)

(Flynn: Hä? Nein warte! Ich hab das so nicht gemeint! Ich freu mich doch!)
(Flynn: Wehe du haust jetzt ab!)
(Flynn: Ey!)

Aber es kommt nichts mehr. Dieser blöde Wichser!

Ich wechsle wieder zurück zu WhatsApp, weil er da wahrscheinlich eher Benachrichtigungen sieht. Jetzt entkommt er mir nicht mehr so einfach!

›Was soll das, warum haust du ab? Ich find das voll süß mit dem Verliebtsein, das war keine Kritik oder so!‹

Halbwegs sauer starre ich auf den Chat. Er kommt online und die Übertragungshäkchen werden blau, als er die Nachricht liest.

Dann geht er wieder offline.

»Du blöder Pisser!«, zische ich jetzt wirklich sauer, sehe dann entschuldigend zu Seite, weil sich da was bewegt hat, aber war nur ne liegengebliebene Jacke, die vom Sitz gerutscht ist.

Boah, ich werde langsam echt stinkig!

›Kannst du bitte mit mir reden und das klären? Ich sags nochmal: Ich finde das gut! Ich will das doch schon die ganze Zeit und hatte mich nur über deinen Sinneswandel gewundert! Sonst nichts!‹

Jetzt kommt er nicht mal mehr online, um die Nachricht zu lesen. Arschloch!

***

Eine Woche verstreicht, in der ich nichts von Chain höre oder lese. Er fehlt mir. Ich bin immer noch wütend und enttäuscht, das ja, aber gleichzeitig vermisse ich ihn extrem, und es frustriert mich ohne Ende, dass er die Nachrichten, die ich ihm schicke, zwar liest, aber nicht drauf antwortet. Alles Scheiße ...

Na ja nicht alles. Tim war inzwischen mit Fiona aus. Er meinte, der Abend war der Hammer und sie werden sich definitiv wiedersehen. Mit Nick ist alles wie gehabt. Mit unseren Cosplays kommen wir gut voran und er meinte, wenn wir uns ranhalten, sind wir eine Woche vor der Convention fertig und können einen Test machen. Und Hannah ... Die war zu Anfang der Woche noch super happy und dann ging es mit jedem Tag weiter bergab.

»Vielleicht hat er einfach seine Tage?«, schlage ich vor, in dem kläglichen Versuch, sie zum Lachen zu bringen. Funktioniert leider nur nicht.

»Ich weiß langsam echt nicht mehr, was ich machen soll!«, jammert sie in einem Ton, der mir deutlich zu verstehen gibt, dass hier gar nichts lustig ist. Wir sitzen zusammen im Park an einem kleinen, künstlich angelegten See und sehen den Schwänen zu, wie sie ein paar Meter weiter kleine Kinder terrorisieren. Gestörte Biester ...

»Ich dachte, er wollte sich bessern?« So ganz kann ich es nicht verhindern, dass eine Nuance von ›Hab ich's doch gewusst, dass das nicht klappt‹ in meinen Worten mitschwingt.

»Hat er ja! Für drei Tage ... Ach Mann, ich kann doch nicht jedes Mal fast Schluss machen, damit er sich am Riemen reißt? Gestern war wieder so ... Er war so pampig, so bin ich nicht mal kurz vor meinen Tagen!«

»Jaaa, Männer-PMS ist fies. Also, ich hab keines, aber ich hab das bei Nick schon mal mitbekommen.«

»Echt? Hätte ich bei ihm jetzt gar nicht erwartet.« Jetzt muss sie doch lächeln. Nick wird es mir schon verzeihen, dass ich ihn gerade ein bisschen ausnutze und eine kleine Notlüge erzähle. Im Idealfall wird er es eh nie erfahren.

»Doch, schon ... Ich lasse ihn dann einfach.«

»Ich kann ihn nicht lassen, wenn er arschig zu mir ist. Und erst recht nicht, wenn er sich ständig vor Verabredungen mit meinen Eltern drückt!«, mault Hannah jetzt wieder los und wirft schnaubend die Hände in die Luft.

»Was, schon wieder!?«

»Ja! Mir gehen langsam die Ausreden aus.« Und sie war in den letzten Monaten echt kreativ, was das anging …

»Das ist echt mies ... Was hat er denn für ein Problem mit deinen Eltern?«

»Angeblich ja keins. Aber immer, wenn ich was ausmache, hat er plötzlich kurzfristig irgendwas vor. Oder er haut ab, wie am Sonntag.«

»Aber ich dachte, deine Eltern und er kennen sich?« Ich verstehe echt nicht, was er hat. Hannahs Eltern sind total nett! Und ich weiß, dass sie ihn echt gern mögen.

»Tun sie ja auch, darum verstehe ich das Problem ja nicht.«

»Hm ...« Nachdenklich kratze ich mich am Kopf. Ich versteh den Kerl nicht. Gar nicht. Zu mir waren ihre Eltern immer mega freundlich! Mein Dad ist auch super, aber bei meiner Mutter muss ich grundsätzlich immer Schiss haben, dass sie mich vor allem und jedem blamiert, die ist viel schlimmer!

»Na ja, kann man jetzt auch nichts ändern. Wie läuft's bei dir?«, wechselt sie schließlich das Thema und ich schaffe nur ein seufzendes Schulterzucken.

»Scheiße und toll.«

Immerhin bringe ich sie damit zum Lächeln.

»Wie funktioniert das denn?«

»Uni, Arbeit, Nick und Cosplay laufen super, an der Chain-Front ist dagegen immer noch absolute Funkstille.« Und ich habe keine Worte dafür, wie sehr mich das stört. Vor allem, weil ich nicht weiß, was ich dagegen unternehmen soll.

»Was, immer noch? Diesmal ist es aber lang.« Mitfühlend legt sie ihre Hand auf meinen Unterarm und drückt ihn sanft. Natürlich habe ich ihr schon erzählt, was passiert ist, und mich ausreichend bedauern lassen. Nur hilft mir das leider nicht weiter.

»Jap, ich find's einfach scheiße. Vor allem, weil ich nicht verstehe, was sein Problem ist! Ich hatte mich doch einfach nur gefreut, dass er im Spiel auch mal

Gefühle zulässt und jetzt ... Ich versteh ihn einfach nicht!«

»Ich auch nicht ... Wir sollten ihn und Leon in einen Sack stecken und abwechselnd draufschlagen ...«

»Wir treffen immer den Richtigen!«

»Jap!«

Wir lachen beide leise, dann piepst Hannahs Handy.

»Oh, der Herr bequemt sich mal zu schreiben«, brummt sie, öffnet den Chat und eigentlich will ich nicht spannen, aber so einen ganz kleinen Blick kann ich mir nicht verkneifen.

»Lol der hat ja auch kein Profilbild«, kommentiere ich, weil das das Erste ist, was mir auffällt.

»Vor zwei Jahren hatte er mal eins, von ihm und seinem Bruder, aber das ist schon lange wieder weg. Keine Ahnung, warum er das nicht mag. Chain hat auch keins, oder?«, fragt sie und sieht kurz zu mir rüber.

»Nope. Wobei ich dem Sackgesicht zutraue, dass er nur wegen mir keines hochlädt, weil ich dann ja rausfinden würde, wie er aussieht ...«, ätze ich und werde direkt sauer, weil ich damit vielleicht sogar Recht habe.

»Das glaube ich nicht. Es müsste ja kein Bild von ihm selbst sein. Ich kenne viele, die einfach Blumen haben oder irgendwas Gezeichnetes ...«

»Ja, trotzdem wüsste ich gerne, wie er aussieht.« Ich atme tief durch, lehne mich nach hinten, bis ich fast nach hinten umkippe.

»Glaub ich. Ich bin ja selbst neugierig und ich habe an sich gar nichts mit ihm zu tun«, lacht Hannah, tippt auf ihrem Handy rum und antwortet Leon. »Er hat fürs

Wochenende zugesagt. Mein Vater hat Geburtstag ...« Ich kann hören, dass sie sowohl überrascht als auch skeptisch ist. Verständlich, wie ich finde.

»Ist doch super!«, versuche ich, sie aufzuheitern. »Vielleicht ist ihm das lieber, wenn Besuch dabei ist und nicht die ganze Aufmerksamkeit deiner Eltern auf ihm liegt?« Sie wiegt den Kopf, sieht mich nachdenklich an.

»Kann gut sein ... keine Ahnung.«

»Gib ihm die Chance! Er ist halt ein unsozialer Idiot, das weißt du nicht erst seit gestern.«

»Ja, schon ... Na ja, warten wir's ab.«

***

Der Rest der Woche verfliegt so schnell, dass ich gar nicht hinterher komme, und dann ist auch schon Samstagabend und ich sitze mit Tim und Nick auf dessen Couch, ein Bier in der Hand, eine halbeleere Pizzaschachtel auf den Knien, und lausche ihrer Diskussion darüber, ob wir feiern gehen oder hierbleiben und den geplanten Filmeabend fortsetzen sollen. Ich bin für den Film und noch drei Bier. Ist billiger und wirklich nach Feiern ist mir gerade auch nicht.

»Ich dachte, du bist jetzt mit Fiona zusammen? Solltest du es da nicht mal ein bisschen ... ruhiger angehen lassen?«, fragt Nick und ich nicke bekräftigend. Ich bin auf seiner Seite, nur um es erwähnt zu haben.

»Was soll das denn heißen? Ich will feiern, nicht Frauen aufreißen!«, mault Tim und hebt die Hände, tut, als ob wir ihm furchtbar unrecht tun. Mir ist selbst klar, dass er wirklich nur Spaß haben, tanzen und trinken will, aber ich habe heute echt keine Lust. Und es macht Spaß ihn zu ärgern.

»Na ja, bei dir bin ich nicht sicher, ob Feiern und Ladys beglücken nicht dasselbe ist.« Nick legt sich auf jeden Fall voll ins Zeug.

»Gar nicht! Ich gehe voll selten weg, um jemanden kennenzulernen!« Mein Handy vibriert in meiner Hosentasche. Ich schaue drauf und ersticke fast an meiner Pizza. Chain! Nach über einer Woche! Ich kann mich nicht entscheiden, ob ich sauer sein oder mich freuen soll!

›Hi‹ Wow. Da hat er sich an Länge und Wortwahl mal wieder selbst übertroffen.

›Auch noch am Leben‹, pampe ich. Okay, ich bin, wie es aussieht, überwiegend immer noch sauer.

›Ja, halbwegs. Ich wollte mich mal wieder melden ...‹

Aha ... Das klingt ein bisschen so, als läge es an uns beiden oder sogar an mir, dass wir keinen Kontakt hatten. Dabei habe ich ihm bis Mittwoch jeden Tag mindestens einmal geschrieben. Dann ist es mir einfach zu blöd geworden.

›Super, hast du ja jetzt!‹

Mir ist klar, dass ich ihn so direkt wieder vertreibe, was eigentlich das Letzte ist, was ich will, aber ich bin einfach so enttäuscht ... Und halt echt sauer!

›Ja ... Was machst du? Willst du spielen?‹ Ich schnaube. Ist ja klar, dass er sich nur deswegen meldet. Wahrscheinlich ist ihm langweilig. Tja, mir nicht, ich hab nämlich Freunde!

›Bin bei nem Kumpel. Machen nen Filmeabend, also nein, hab ich nicht.‹ Ich frage nicht mal, was er macht, so angefressen bin ich! Und tatsächlich wundert es mich, dass er dennoch antwortet, obwohl ich so ranzig bin.

›Ah, okay. Morgen dann?‹ Um dann wieder da zu landen, wo ich jetzt bin? Auf der Fresse und wütend?

›Mal sehen.‹

›Bist du sauer?‹

Glückwunsch! Wie hat er das nur so schnell rausgekriegt!

›Ja?!‹ Warum um den heißen Brei herumreden?

›Warum?‹

Zur Hölle? Ist das sein Ernst?

›Weil du dich seit über einer Woche nicht gemeldet hast? Nachdem du im RPG einfach abgehauen bist? Mir ist schon klar, dass du mir zu nichts verpflichtet bist, aber ich find das trotzdem arschig!‹

So! Jetzt ist es raus! Und wenn er sich jetzt wieder verpisst, ist das halt so.

›Tut mir leid.‹

Ich lasse fast mein Handy fallen. Steht da wirklich, dass es ihm leidtut? Oder bin ich eingeschlafen und träume?

›Es tut dir leid?‹ Ich kann nicht anders als nachzufragen. Das klingt einfach nicht nach ihm. Vielleicht noch nach einer Floskel, damit ich doch noch zum Spielen komme ...

›Ja. Ich musste nachdenken.‹ Das wird ja immer kurioser. Normalerweise heißt das doch, dass der andere dann Schluss macht, wenn er ›nachdenken‹ muss. Aber er schreibt jetzt wieder. Heißt das, dass wir jetzt heiraten?

›Okay? Und worüber?‹

›Na, über dich.‹ Wenn ich könnte, würde ich ihn durchs Telefon schlagen ...

›Und?‹, angespannt starrte ich auf mein Handy und kriege gar nicht mehr mit, was um mich herum passiert. Kurz vergesse ich sogar, zu atmen.

›Was und?‹

Aaarrrgh!!!! Er macht mich wahnsinnig!

›Zu welchem Ergebnis bist du gekommen?‹ Jetzt dauert es ein paar Sekunden und ich sehe rüber zu Nick und Tim, die sich offenbar geeinigt haben. Sieht so aus, als würden wir hierbleiben, wenn ich nach Tims mürrischem Gesichtsausdruck gehe. Na, er wird´s überleben.

»Also, was sollen wir uns noch ansehen?«, fragt Nick, beugt sich zum Laptop vor und öffnet die Streamseite. »Nen Horrorfilm?« Er klickt ein bisschen durch das Menü und dann zieht er das HDMI Kabel doch ab, damit er sich den Laptop auf den Schoß legen kann.

»Mir egal, ich mag alles«, brumme ich, dann vibriert mein Handy wieder. Angespannt lese ich Chains Nachricht.

›Dass du nicht gut bist für mich, es mir aber egal ist.‹ Was zum ... Was soll das denn jetzt heißen?!

›Aha.‹ Mehr kann ich grade nicht schreiben, weil ich ihm sonst durchs Handy ins Gesicht platze. Spinnt der?! Ich bin nicht gut für ihn?

›Ja ... Ich mag dich. Ich kann da einfach nichts dran ändern.‹

Fassungslos starre ich auf die zwei Sätze. Das ist das größte Zugeständnis, das ich je von ihm bekommen habe. Auf eine sehr verquere Art. Mit den vorangegangenen Nachrichten fühlt es sich an wie eine Ohrfeige, für etwas, das ich nicht getan habe, an dem ich aber dennoch schuld bin. Es sorgt nicht unbedingt dafür, dass ich mich beruhige.

›Aha‹, schreibe ich erneut. Meine Hände zittern vor Wut.

Darüber soll ich mich jetzt freuen, oder was? Also, normalerweise würde ich das auch, aber ganz sicher nicht, wenn er es so aussehen lässt, als würde es ihn … ich weiß nicht … quälen, mit mir zu schreiben?!

›Ich glaube, wir sollten morgen weiterschreiben. Du bist sauer, ich bin angetrunken, das macht so keinen Sinn.‹ Ach, daher weht der Wind!

›Lol, hab mich schon gewundert, dass du plötzlich so gesprächig bist! Dann geh mal weiterfeiern.‹ Schnaubend lege ich mein Handy auf den Tisch. Der blöde Wichser, ey …

Er hat mir geschrieben, dass er mich mag, aber ich kann mich grade echt kein Stück darüber freuen.

Immer dieses Hin und Her, kann er nicht …

»Wow, wenn du jemanden umbringen willst, geh vorher raus, wir stehen nicht zur Verfügung!«

Das ist Nick, der wohl meinen Gesichtsausdruck richtig gedeutet hat. Wenn ich genauso aussehe, wie ich mich gerade fühle, ist das auch kein Wunder, dass er sowas zu mir sagt.

»Lass mich, ich bin sauer«, knurre ich und sehe

strafend zu meinem Handy, als wäre es schuld an allem. Ist es ja auch. Zumindest indirekt.

»Warum? Willst du doch noch feiern?« Offenbar hat er nicht mitbekommen, dass ich mit Chain geschrieben habe.

»Chain ist ein Arschloch«, erkläre ich darum und er nickt wissend.

»Das ist mir bekannt. Was hat er getan?« Grinsend lehnt er sich zurück und trinkt einen Schluck von seinem Bier. Fehlt nur noch das Popcorn.

»Er hat sich nicht gemeldet, weil er über mich nachdenken musste.« Meine Stimme zittert. Der Spinner stellt mich hin, als wäre ich voll das gewissenlose Arschloch! Das passt mir echt überhaupt nicht!

»Okay ... Und jetzt kam er drauf, dass ...?«

»Dass ich zwar nicht gut für ihn bin, es ihm aber egal ist und er mich trotzdem mag«, blaffe ich ihn an und immerhin sieht Nick jetzt genauso verständnislos aus, wie ich mich bei den beschissenen Nachrichten gefühlt habe.

»Was zum Fick?!«, mischt sich jetzt auch Tim ein. Gleichzeitig blinkt mein Handy, aber ich lasse es auf dem Tisch liegen.

»Ja, was zum Fick! Tickt der noch richtig? Wie kann der sowas sagen? Ich tu ihm doch nichts?!«, rege ich mich auf.

»Ich hab echt keine Ahnung, was mit dem nicht stimmt«, sagt Nick und ich lache trocken.

»Gerade ist er angetrunken, was wohl auch der Grund ist, warum er überhaupt schreibt.«

»Nett ...«

»Ja, total ... Suchen wir einen Film aus, ich will nicht mehr an ihn denken grade ...«, maule ich und verschränke zutiefst beleidigt die Arme vor der Brust.

»Jo, okay. Also einen Horrorfilm?«

»Von mir aus. Ist mir egal.« Ist mir gerade alles egal.

Wir einigen uns auf Conjuring 2. Nick hat ihn zwar schon gesehen, aber Tim und ich nicht. Am Ende des Films habe ich mindestens drei graue Haare, einen halben Herzinfarkt und bin glücklicherweise angetrunken, weil ich vor lauter Aufregung ständig an meinem Bier gezogen habe, dem fünften inzwischen. Wahrscheinlich sollte ich froh sein, dass der Alkohol es nicht noch schlimmer gemacht hat ... Wobei, vielleicht hat er das, keine Ahnung.

»Und?«, fragt Nick erwartungsvoll, als der Abspann läuft. Ich lache künstlich.

»War super! Hab mich null gegruselt!«

»Hmhm, dir war einfach nur kalt, als du mir fast auf den Schoß gesprungen bist, oder?«, zieht er mich auf und ich nicke.

»Genau!«

»War mir klar!« Sein Blick sagt mir, dass er mir kein Wort glaubt.

»Jahaa, ich hatte keine Angst!«

»Na dann ist ja gut!« Er lacht mich aus und ich meckere noch ein bisschen, Tim mischt sich auch noch ein und dann sehen wir zur Uhr über der Tür. »Halb zwei ... Eigentlich würde noch einer gehen«, summt Nick und ich brumme zustimmend.

»Wir müssen noch einen Film gucken. Irgendeinen. Sonst bekomme ich heute Besuch von dem Dämon, da hab ich keine Lust drauf.«

»Ich dachte, du hattest keine Angst?«, zieht Tim mich sofort auf und ich schubse Nick gegen ihn.

»Ey, ich hab gar nichts gesagt!«, lacht dieser und schnappt sich seinen Laptop.

»Egal! Und los, neuer Film!« Ohne nachzudenken, greife ich nach meinem Handy. Wow. Fünf neue Nachrichten von Chain!

›Okay ... bis dann.‹

›Bist du noch wütend?‹

›Es tut mir ehrlich leid.‹

›Was habe ich denn flasch gemackt?‹

›Rde butte mit mir!‹

Die letzte kam vor zehn Minuten. Und ein bisschen amüsieren mich die Fehler in den letzten zwei Nachrichten. Da scheint ja jemand ziemlich betrunken zu sein.

›Ja, bin ich‹, schreibe ich, auch wenn ich dabei leider lächeln muss. Aber es beruhigt mich echt, dass ihn das anscheinend so beschäftigt und er seine Entschuldigung nicht nur so dahin gesagt hat.

›Da bist dz!‹, kommt es prompt zurück und ich spüre, wie sich meine Mundwinkel selbstständig machen und sich zu einem sehr breiten Grinsen verziehen.

›Ja ... Du bist sternhagelvoll, kann das sein?‹

›Ja! T-T‹ Oh Gott! Ich kann mir ein Kichern einfach nicht verkneifen. Das ist echt lustig ...

›Warum jammerst du? Wolltest du nicht trinken?‹, frage ich, jetzt schon deutlich besser gelaunt als vorhin.

›Nein. Und erst rechz nichz so viel! Ich kan nicht megr aufstehem.‹

›Oje, nicht gut! XDDD Ist keiner da, der sich um dich kümmert? Wie kommst du nach Hause?‹, frage ich fürsorglich und überlege, wie hoch meine Chancen sind, dass er mir seinen Wohnort verrät.

›Ich schlafe hier.‹ Schade.

Und dann kommt mir eine ziemlich gemeine Idee. Vielleicht klappt es auch nicht, oder er lässt es im Nachhinein nicht zählen, weil er betrunken war, aber einen Versuch ist es wert!

›Ach so. Dann geht's ja. Ich bin aber immer noch angefressen‹, lasse ich ihn wissen.

›Es tuz mir echt leis! Kann ich sas nicht irgendwie wiedet guz machen?‹ Höhöhö …

›Triff dich mit mir. Auf der Convention, von der ich erzählt habe.‹

Mein Herz rast! Er wird eh absagen! Und selbst wenn nicht, kann er's immer noch wieder abblasen. Aber dennoch zittern meine Finger gerade vor Aufregung.

›Okay.‹

»Oh mein Gott!« Jetzt hätte ich fast mein Handy weggeworfen. Fassungslos starre ich auf das Display und kann nicht glauben, was da steht.

»Was ist!«, fragt Nick alarmiert, aber ich kann grade nicht!

›Dein Ernst?‹ Ich fühle mich, als würde ich gleich abheben und davonfliegen! Er hat ja gesagt! Er hat wirklich ja gesagt!

›Ja. Ich würde dicj auch gerne sehem ...‹

Oh Gott, ich kann nicht mehr! Ich ersticke gleich, ich muss atmen! Aber erst mal muss ich ihm antworten!

›Yay! <3 <3 <3 Aber du überlegst es dir morgen nicht wieder anders, oder???‹

›Nein.‹

›Versprochen?!‹ Als würde ihn das von irgendwas abhalten … Aber so habe ich immerhin ein Druckmittel. Versprechen muss man schließlich halten, nicht wahr?

›Versprochen ;)‹

Oh fuck ... Er hat's getan! Er hat zugesagt!

»Ich treffe Chain!«, platzt es unvermittelt aus mir heraus. Nick und Tim starren mich an. Ich kann das gerade echt nicht fassen! Er hat tatsächlich ja gesagt! Wir werden uns sehen! Live und in Farbe! Das ist so ... das ist ...

»Dein Ernst? Er hat zugesagt?« Es ist echt toll, dass Nick sich so für mich freuen kann! Ihm wird ja klar sein, dass das mit uns danach möglicherweise vorbei ist? Vielleicht sehen Chain und ich uns an, es funkt und dann gibt's keinen Sex mehr für Nick. Also, halt nicht mit mir. Unsere Freundschaft, die in den letzten Wochen echt immer enger geworden ist, würde ich nicht mehr hergeben wollen. Aber das mit dem Sex hätte sich erledigt. Er ist echt ein toller Kerl ...

»Ja, hat er! Da!« Ich drücke ihm mein Handy in die Hand und er liest, lässt auch Tim mit auf das Display sehen.

»Ja geil! Endlich!«, freut sich jetzt auch Tim. »Und jetzt stört es dich nicht mehr, dass du ›nicht gut‹ für ihn bist?«, werde ich dann natürlich direkt wieder aufgezogen.

»Ruhe, ich will mich grade freuen«, meckere ich lachend. Mir geht's gerade seeeehr gut! Das ist so toll!

»Okay, okay! Also, welchen Film sehen wir uns jetzt noch an?«, will Nick schließlich wissen und zehn Minuten später haben wir uns auf den letzten Iron Man geeinigt.

***

Als ich am nächsten Morgen gerade bei Nick aus der Tür trete, klingelt mein Handy.

Hannah.

»Hey, Schönheit«, begrüße ich sie gut gelaunt. Ich bin immer noch so aufgedreht wegen Chains Zusage, dass ich die halbe Nacht nicht schlafen konnte.

»Hey du! Wo bist du?« Auch Hannah klingt ziemlich gut gelaunt. Scheint gut gelaufen zu sein gestern.

Offenbar war Leon wirklich beim Geburtstag ihres Vaters und hat sich nicht wieder mit einer Ausrede rausgewunden.

»Bin gerade bei Nick zur Tür raus, wollte jetzt nach Hause. Warum?«

Sie kichert, dann klingt ihre Stimme ganz dumpf, als würde sie etwas über das Mikro halten. »Ne, den bitte so stehen lassen, danke, Schatz.« Dann klingt sie wieder klarer. »Ich wollte fragen, ob du später Lust auf nen Kaffee hast. Leon ist grade noch da, aber der muss dann auch los … und ich muss dir was erzählen!« Die letzten Worte flüstert sie ins Mikrofon. Okay …?

»Klar, wann und wo?«

»Um vier im ›Alex‹?«

»Geht klar, bis dann, freu mich!« Ich bin echt gespannt, was sie mir da zu erzählen hat.

»Ich mich auch!« Noch ein Lachen und wir legen auf.

»Okay, jetzt erzähl«, fordere ich ein paar Stunden später im zum Glück nicht ganz so überfüllten Café, nachdem der Kellner unsere Bestellung aufgenommen hat.

»Oh Gott, Mike! Es war so ... Ich weiß gar nicht, wo ich anfangen soll!«, japst sie und wedelt aufgeregt mit den Händen.

»Am Anfang?«, schlage ich vor. Sie verhält sich ganz komisch und wirkt richtig aufgedreht. Das wird immer interessanter!

»Okay, also pass auf! Auf der Feier! Leon und mein Vater! Sie haben um die Wette getrunken! Und zwar richtig!« Sie lacht auf und mir entgleist das Gesicht, weil ich das einerseits unvorstellbar finde, gerade bei Leon, auf der anderen Seite weiß ich von früheren Familienfesten, auf denen ich auch hin und wieder eingeladen gewesen bin, dass ihr Vater gerne mal nicht weiß, wann er genug hat. Ich erinnere mich an einige lustige Situationen und eine endete sogar damit, dass jemand vom Kirschbaum in Hannahs Garten gefallen ist. Ich weiß nicht mehr, wer es war oder was die Person auf dem Baum wollte, aber ich weiß noch, dass alle außenherum stranden und kräftig angefeuert haben, am lautesten Hannahs Vater. Auf jeden Fall klingt es unglaublich witzig, was sie da erzählt.

»Wettsaufen? Dein Ernst?«

»Ja, total! Papa hat ihn vor allen herausgefordert und dabei war Leon schon etwas angetrunken und ich habe echt versucht. ihn zu retten, aber Papa wollte unbedingt! Also haben sie Kurze geext. Und dann auch noch so ultra widerlichen Kräuterlikör aus dem Supermarkt!«

»Ewww, wie ekelhaft! Der arme Kerl!« Mitfühlend verziehe ich das Gesicht. Ich mag das Zeug auch nicht, egal von welcher Marke.

»Ja, voll! Aber immerhin noch besser als der selbstgebrannte Apfelschnaps von meinem Onkel!«

»Apfel klingt doch voll gut?«

»Aber nicht der Schnaps von ihm, glaub mir einfach! Du kannst mit einem Glas ein Krokodil töten!«

»Na ja, wenn man gut zielt ...« Sie lacht und schlägt spielerisch nach mir.

»Blödmann!«

»Gar nicht!«, kichere ich und lehne mich nach hinten aus ihrer Reichweite.

»Doch, und jetzt lass mich erzählen! Jedenfalls war Leon so blau, dass er nicht mehr geradeaus gucken konnte. Es war so lustig! Für ihn nicht so, zumindest für ne halbe Stunde, aber dann gings wieder. Papa hat übrigens gewonnen, weil ich Leon zum Aufgeben genötigt und ihm das letzte Glas einfach weggenommen habe. Ich wollte nicht, dass der den Rest des Abends auf dem Klo verbringen muss. Er war eh schon so fertig. Jedenfalls, als es ihm dann wieder etwas besser ging, hat er mit mir im Wohnzimmer Walzer getanzt. Nicht, dass einer von uns das könnte, aber egal!«

»Oh Gott, allein die Vorstellung!« Ich lache so! Ich hätte das zu gern gesehen!

»Ja! Es war so herrlich! Dann hat er sich mit meiner Mutter und meiner Tante über das richtige Falten von Tischdecken unterhalten. Erinnerst du dich noch, dass er mal einen Ferienjob im Hotel hatte? Mir hat er was von Management erzählt, aber offenbar hat er da auch andere Sachen gemacht ...« Ich kann nicht mehr! Wie geil! Ich kann mir Leon so absolut nicht vorstellen, obwohl ich ihn ja bereits angetrunken erlebt habe. Auch da habe ich schon festgestellt, dass er mit steigendem Alkohol immer lockerer und entspannter wird, aber das ist ja nochmal etwas vollkommen anderes. Aber wie es scheint, muss der Pegel nur stimmen, dann bekommen wir es mit einem ganz neuen Leon zu tun, den er sonst immer vor uns versteckt. »Ich wollte es so gerne filmen! Ich habe ihn selbst noch nie so erlebt! Er war so offen und gut gelaunt, und das, nachdem es so mies angefangen hat ...

Aber bis auf die halbe Stunde nach dem Wettsaufen ging es ihm dann echt gut! Aber das Beste kommt ja erst noch!«

»Lass mich raten: Ihr hattet Sex!« Allein ihr Gesichtsausdruck sagt mir, dass ich den Nagel auf den Kopf getroffen habe.

»Ja!«, raunt sie mir aufgeregt zu, beugt sich vertraulich zu mir rüber, damit niemand mithören kann. »Erinnerst du dich noch, was ich dir gesagt hab, als du mir den ersten Lemon von dir und Chain geschickt hast?«

»Boah, das ist über ein Jahr her! Warte ...« Da muss ich echt überlegen, damals haben wir uns über ziemlich viel aus den RPGs unterhalten und dass sie auch das eine oder andere selbst gerne mal ausprobieren würde, also was könnte sie mir - oh Gott!

Sofort breitet sich ein sehr amüsiertes Grinsen über meinem Gesicht aus. »Nein, oder?« Sie lächelt wissend und nickt.

»Oh doch«, flötet sie und ihr Grinsen wird immer breiter und anzüglicher.

»Fuck, Hannah! Du hast nicht ernsthaft deinen Freund gefingert!« Alarmiert sieht sie sich um, aber niemand hat es gehört, weil ich echt leise war. Ich bin schließlich nicht so ein Vollhorst wie Tim. Jetzt grinst sie wieder und nickt nochmal.

»Und wie ich das habe!« Sie zappelt aufgeregt auf ihrem Stuhl und ich mache direkt mit, weil das echt unglaublich ist! Also tatsächlich!

»Und?! Wie war's? Also für dich? Und ihn?«, will ich neugierig wissen. Bei mir gehört das ja dazu, es ist Teil der Vorbereitung, aber ich stehe da generell ziemlich drauf und jetzt erinnere ich mich auch wieder daran, dass Hannah ziemlich neugierig war, wie das so ist.

»Es war ... erst komisch, weil ich so aufgeregt war und wir haben auch vorher nicht drüber geredet ...«

»Nicht? Hast du's einfach gemacht?«

»Jein. Ich hab ihm halt einen geblasen und bin dann runter mit einer Hand und ich glaube, er hat's erst gar nicht wirklich gecheckt.«

Sie gluckst amüsiert und streicht sich die Haare aus

dem Gesicht. Ihre grünen Augen funkeln richtig.

»Ja gut, wenn man so voll ist ... Aber du kannst mir nicht erzählen, dass er's gar nicht gemerkt hat!«

»Nein, nein! Aber bis er's gemerkt hat, war der erste Finger halb drin, und dann hat er gefragt, was ich da mache.«

»Isser nicht weg?«, frage ich irritiert, denn wenn ich da an mich selbst denke … Ich hätte wahrscheinlich rein aus Reflex nach ihr getreten.

»Nö, gar nicht, lag da und hat sehr zufrieden ausgesehen. Also mit dem Blowjob. Dann war er etwas irritiert, und ich hab gefragt, ob's wehtut, und er meinte, nein, es drückt nur komisch. Dann hab ich weitergemacht und er ... Gott, Mike, so laut war er noch nie, als er kam!«

Ich krieg mich nicht mehr ein! Das ist echt zu geil! »Ich feiere dich gerade extrem hart, ohne Scheiß!«, lache ich, mache dann Platz, als die Kellnerin mit unserem Kaffee anrückt.

»Ich mich auch«, kichert sie und schüttet erst mal eine Wagenladung Zucker in ihren Tee.

»Und hinterher? Habt ihr nochmal drüber geredet?«

»Nö.«

»Heute auch nicht?« Das kommt mir schon etwas merkwürdig vor. Ich an seiner Stelle, würde da schon drüber reden wollen.

»Nope. Entweder er hat's vergessen oder es war ihm zu peinlich, keine Ahnung. Ist aber auch egal, ich fand's einfach cool.« Sie sieht echt unglaublich zufrieden mit sich aus.

»Herrlich ... Echt jetzt ... Das ist echt zu witzig ...«

»Na ja, in erster Linie war's vor allem ziemlich sexy ... Also er halt. Versteh mich nicht falsch, unser Sex ist toll und alles, aber ich glaube, hätte Leon jemals Sex mit nem Kerl, wäre er unten«, gesteht sie dann leise und wir kichern beide wie zwölfjährige Mädchen.

»Meinst du echt?«, frage ich. Obwohl ... Da kommt mir wieder der Moment im Club in den Sinn, als Leon in meinem Arm lag und sein ziemlich süßes Stöhnen mir einen halben Ständer beschert hat. Ich fürchte, ich kann Hannah nur zustimmen. Also, hätte ich mit ihm Sex, wäre er definitiv unten! Nicht, dass das jemals zu Debatte stünde.

»Doch, ich denke schon. Aber egal. Gibt's bei dir was Neues? Hat er sich wieder gemeldet?«

Sofort bin ich so zappelig vor Aufregung, dass ich fast den Zuckerstreuer vom Tisch gefegt hätte.

»Scheiße, ja! Rate, wer zur Con kommt!«, jaule ich überdreht und nicht gerade leise. Echt mal, ein Wort über Chain und ich drehe am Rad, normal ist das nicht mehr.

»Nein, ernsthaft?!« Ungläubig schlägt Hannah sich die Hände vor den Mund.

»Ja! Er hat sich gemeldet und entschuldigt und dann hat er mir versprochen, dass er kommt.«

Dass er sternhagelvoll war, lasse ich mal weg. Das ist nicht wichtig und ich komme mir dann nicht ganz so blöd vor, weil ich ihn mit einem Trick zur Zusage bewegt habe. Im Grunde spielt es ja eh keine Rolle. Betrunkene und Kinder sagen immer die Wahrheit, also will er das!

Ich hoffe jetzt nur, dass er es nicht vergessen hat vor lauter Alkohol. Wobei, dann ist da immer noch der Chat, in dem er's nachlesen kann. Und er hat's versprochen!

Sein Versprechen wird er doch nicht brechen, oder?

»Wow! Das ist ja der Hammer! Ich freu mich so für dich!« Hannah strahlt übers ganze Gesicht und es tut verdammt gut sie so glücklich und unbeschwert zu sehen, nach dem ganzen Stress, den sie mit Leon hatte. Vielleicht geht es mit den beiden jetzt ja wirklich mal bergauf …

***

Geht es nicht. Und im Nachhinein frage ich mich, wie zumindest ich ernsthaft glauben konnte, dass Leon sich ändert. Seufzend lege ich mein Handy weg und drehe mich zu Nick um, der gerade sein Cosplay in den Koffer steckt. Morgen früh geht's los!

Und übermorgen ist schon der große Tag! Ich bin so wahnsinnig aufgeregt, aber das mit Hannah tut mir echt leid ...

»Was ist denn passiert?«, frage er, während er die Perücke vorsichtig zusammenlegt und in eine Tüte packt.

»Sie haben sich wieder gestritten«, informiere ich ihn und setze mich bequemer hin.

»Weswegen denn?«

»Das weiß sie selbst nicht so genau, jedenfalls ist er jetzt auf dem Weg zum Flughafen.« Irritiert sieht Nick mich an.

»Warum das denn?«

Ich zucke die Schultern. Ich weiß ja selbst nicht, wie sie das wieder hinbekommen haben.

»Er fliegt zu seinem Bruder. Langsam frage ich mich echt, ob das mit den beiden noch so viel Sinn hat ...« Tue ich wirklich. In den letzten Wochen gab es quasi ständig wegen irgendwas Stress. »Letztens hat sie mir am Telefon erzählt, dass sie denkt, dass Leon sie möglicherweise betrügt. Ich dachte, ich höre nicht richtig.« Ich kann deswegen immer noch nur mit dem Kopf schütteln.

»Könnte da nicht vielleicht was dran sein?«

»Ach, so ein Quatsch. Wie soll Leon denn jemanden kennengelernt haben? Der redet doch mit niemandem.« Ich schnaube, weiß nicht, ob ich lachen soll, denn witzig ist hier eigentlich gar nichts. Nick zuckt die Schultern.

»Keine Ahnung. Aber ja, ich hätte ihn auch nicht als Aufreißer eingeschätzt. Ich bleibe immer noch dabei, dass er Hannah gegenüber sehr kühl ist, aber ich hätte jetzt auch nicht gedacht, dass er nebenher noch was laufen hat.«

»Eben. Na ja, und seit sie ihm das vorgeworfen hat, geht's hoch her bei ihnen. Verständlich, denn das würde ich an Leons Stelle auch nicht geil finden, aber er verhält sich ja auch nicht gerade wie … ich weiß auch nicht. Du verstehst, was ich meine, oder?«

Seufzend nickt er. »Jep. Er ist nicht gerade der ultimative Märchenprinz. Aber das sage ich ja schon die ganze Zeit.«

»Ich weiß. Aber sie liebt ihn halt«, brumme ich unwillig, greife nach der Wasserflasche, die neben seinem Bett steht, und trinke einen großen Schluck.

»Und er sie?«

»Was weiß ich ...« Ich habe wirklich keine Ahnung mehr. Zu ihr sagt er das zwar, laut ihrer Aussage, aber ehrlich, wie viel Leid hält Liebe denn aus, bevor sie irgendwann zerbricht?

»Hm ... Hat Chain jetzt eigentlich schon den Treffpunkt bestätigt?«, will er dann wissen und sofort spüre ich, wie sich mein Gewissen meldet, und ich ziehe den Kopf zwischen die Schultern.

»Ich hab ihn noch nicht gefragt«, gebe ich leise zu und fühle mich schlecht. Mir ist klar, dass ich das längst hätte tun sollen, aber ich drücke mich schon die ganze Zeit davor.

»In zwei Tagen ist die Con«, gibt er zu bedenken. Sein Blick sagt: Langsam wird es mal Zeit!

»Ich weiß, du Trottel, was denkst du, warum ich hier bin!«, lache ich und deute zu meinem Koffer in der Ecke, wo bereits Prompto auf mich wartet.

»Idiot. Aber du hast echt nicht mehr viel Zeit, um das mit ihm zu klären.«

»Ich weiß doch!« Tatsächlich bin ich nicht mal sicher, ob Chain wirklich kommt ...

Seit der Nacht vor ein paar Wochen haben wir nicht mehr darüber gesprochen. Ich traue mich nicht, ihn danach zu fragen, weil ich Angst vor einer erneuten Abfuhr habe. Verständlich, wie ich finde. Dennoch müsste ich, damit es überhaupt klappen kann, doch mal einen Treffpunkt mit ihm vereinbaren ...

»Und das ist echt okay für dich, wenn ich dann einfach mal zwei Stunden oder so weg bin?«

»Klar, ich hab doch noch meine Jungs. Ich seh die fast nur auf Con, wir haben genug zu reden. Mach dir deswegen keinen Kopf. Hauptsache du bist dann zum Shooten wieder da.«

Boah, da bin ich ja auch extrem aufgeregt! Einer von Nicks Kumpels hat uns einen Fotografen organisiert. Das ist alles so cool und ich hoffe, es klappt alles und ich stelle mich nicht allzu dämlich an. Der Test vor zwei Tagen war total gut! Nick war auch zufrieden und ja ... Gott, das wird so geil werden! Allerdings ändert das nichts daran, dass ich Chain noch schreiben muss.

Die letzten Wochen war unser Kontakt sehr durchwachsen. Wir haben schon geschrieben, aber nicht viel. Dafür haben wir wieder vermehrt RPG gespielt. Das war ziemlich cool, vor allem, weil ich die Idee von Nick echt mag. Ansonsten deutet aber nichts darauf hin, dass er sich auch auf unser Treffen freut.

»Okay ... Dann schreib ich ihm jetzt«, erkläre ich entschlossen und öffne unseren Chat. Bitte, bitte, lass ihn nicht absagen ...

›Hey! Also wegen übermorgen ... Ich wollte fragen, ob das noch steht?‹ Ich sterbe, wenn er nein sagt!

Gebannt starre ich auf das Display, sehe, wie er online kommt, liest und dann tippt.

›Ja.‹ Gesprächig wie eh und je, aber oh mein Gott, er kommt! Ich kann es nicht fassen!

»Er wird da sein«, informiere ich Nick, der daraufhin lächelt und mir einen Daumen nach oben zeigt.

›Yeah! *___* Ich dachte echt, du kneifst! Ich freu mich!‹

›Nein, es war ja ein Versprechen.‹

›Lol, das klingt, als würdest du es nur deshalb machen und eigentlich gar nicht wollen xP Aber ich freue mich total auf dich! Ich hatte ein bisschen Sorge, dass du es dir noch anders überlegst …‹

›Nein, ich möchte dich auch gerne sehen. Hast du schon einen passenden Ort?‹

Haha, einen passenden Ort! Inwiefern passend? Mit schalldichten Wänden, damit man sein lautes Stöhnen nicht hört, wenn wir's treiben?!

›Ja, hab ich. Warte!‹ Ich nehme den Hallenplan, den ich mir ausgedruckt habe, male ein X an die entsprechende Stelle, fotografiere es ab und schicke es ihm. ›Hier! Geht bei dir um 14h?‹

›Okay, alles klar. Ja, das geht. Wie erkenne ich dich?‹ Direkt werde ich wieder nervös. Vielleicht hält er Cosplayer für Spinner und sagt jetzt doch noch ab, wenn ich ihm sage, was ich anhabe? Egal. Er würde nicht auf Con gehen, würde er sowas blöd finden, oder? Ach, scheiß drauf ...

Schnell öffne ich Google, suche ein Bild von Prompto mit den Klamotten, die ich tragen werde, speichere es und schicke es ihm.

›Ich werd ein Cosplay tragen und so aussehen. Denke, du erkennst mich dann! XD Es werden ja kaum alle Promptos, die auf der Con sind, zu dem Zeitpunkt genau dort stehen!‹ Oh Gott, ich bin so nervös! Und dann lässt er sich auch noch so viel Zeit!

›Okay, dann weiß ich Bescheid. Bis dann, ich muss noch was erledigen.‹

›Kk, bis dann! Ich freu mich! <3‹, schreibe ich noch, dann schließe ich den Chat und stecke mein Handy weg.

»Er kommt tatsächlich ...«, hauche ich ziemlich geplättet. So richtig daran geglaubt habe ich bisher nicht, einfach weil ... Na ja, er ist halt, wer er ist, und es hätte zu ihm gepasst, kurz vor knapp noch abzusagen, aus welchem Grund auch immer.

»Das ist echt super ... Also keine Ahnung, wie er zu dir steht, aber ich freue mich wirklich für dich.

Ich hoffe mal für euch, dass ihr euch auch wirklich versteht und euch nicht einfach nur stumm anstarrt.« Nick lacht leise und jetzt da er es sagt …

»Scheiße, denkst du, das passiert?«, frage ich, fast ein bisschen panisch, weil ich darüber noch gar nicht nachgedacht habe!

»Ist mir selbst schon passiert. Ich hab über Facebook jemanden kennengelernt. Wir hatten täglich Kontakt, wussten auch, wie der andere aussieht, und als wir uns dann getroffen haben, war er so zurückhaltend, dass wir nach 15 Minuten fast gleichzeitig ne Ausrede gefunden haben, warum wir jetzt weitermüssen. Danach ist der Kontakt dann erst weniger geworden und dann ganz abgebrochen.«

»Wow ... Das ist ja ultra mies ...« Sofort drückt es unangenehm in meiner Brust.

»Jap, fand ich auch echt schade, weil wir uns eigentlich wirklich voll gut verstanden hatten. Nur live halt nicht. Ist echt kacke, wenn man voreinander steht und sich nichts zu sagen hat.«

»Das kann ich mir vorstellen ... Meinst du, ich soll mir Fragen überlegen, die ich stellen kann, wenn keiner was sagt? Oder generell irgendwelche Themen?«

Nachdenklich sieht er mich an und lächelt dann.

»Wäre vermutlich nicht verkehrt.«

Die letzten Teile von Noctis wandern in den Koffer, dann wird er geschlossen und ich krabble auf allen Vieren zu Nick rüber, lehne mich gegen ihn und lasse mich von ihm in den Arm nehmen.

»Er wird mich gernhaben, oder?« Ich komme mir schon ein bisschen dämlich vor, aber was soll ich machen? Ich warte seit eineinhalb Jahren auf diese Gelegenheit.

»Wenn nicht, ist er ein Idiot. Beziehungsweise dann ist er genau der Idiot, für den ich ihn insgeheim halte.« Ich ziehe eine Schnute.

»Wenn du's aussprichst, ist es nicht mehr geheim ...«

»Ach? Ups.« Er lacht und ich kuschle mich noch etwas fester gegen ihn. Er ist so toll ... Wenn das mit Chain nicht klappt, sollte ich mich selbst und ihn dazu zwingen, dass wir uns einfach ineinander verlieben.

»Was war das denn jetzt? Sollte das ein Lachen werden?«, fragt er grinsend und ich kichere, weil es eher nach hustendem Hund geklungen hat.

»Ach, ich dachte, wenn das mit Chain nicht klappt, sorge ich einfach dafür, dass du dich in mich verknallst.«

»Ein wundervoller Plan.«

»Das klingt ganz schön sarkastisch ...«, meckere ich amüsiert.

»Oho, Punktlandung!«

»Du bist so ein gemeines Arschloch, warum mag ich dich eigentlich?«, meckere ich lachend, versuche, ihm meinen Ellenbogen in die Rippen zu rammen, was aber leider nicht klappt.

»Das ist ziemlich einfach«, brummt er jetzt, verlagert unser Gewicht, bis ich unter ihm auf dem Rücken liege, dann klettert er über mich und hockt sich auf meine Hüfte. »Weil du ziemlich auf meinen Arsch stehst und ein kleiner Masochist bist, der es genießt, wenn man ihn ein bisschen ärgert«, summt er an meinen Lippen, bevor er mich zärtlich küsst.

»Stimmt gar nicht, ich bin gar kein Maso, erzähl keinen Scheiß«, widerspreche ich, küsse ihn dann sanft zurück. Mit Nick ist alles so einfach, warum kann es mit Chain nicht auch so sein?

»Ja, ja, red dir das nur ein.« Seine Hüfte reibt fest über meine Mitte und ich keuche angetan in den Kuss. Fuck, der Kerl ist einfach echt zu scharf für die Welt!

***

Am nächsten Morgen im Zug kennt meine Aufregung keine Grenzen mehr. Ich bin so verdammt hibbelig, dass ich allen damit hart auf den Sack gehe. Vor zehn Minuten sind Nicks Freunde bei einer Zwischenstation eingestiegen und ich kann mich gar nicht richtig auf das Gespräch konzentrieren, auch wenn ich echt mein Bestes gebe.

»Ich fand deinen Test von Prompto echt richtig gut«, lobt mich Philip, der Ignis unserer Gruppe. Von ihm habe ich auch schon einen Cosplaytest gesehen und war absolut begeistert! Tatsächlich hat er mit seinen kurzen hellbraunen Haaren und der Brille aber auch eine gewisse Ähnlichkeit mit Ignis. Nur die Augenfarbe passt nicht. Philips Augen sind dunkelbraun, so richtig matschfarben. Aber mit den Kontaktlinsen, die er für das Cosplay trägt, fällt das gar nicht mehr auf.

»Danke, du siehst auch voll geil aus«, gebe ich strahlend zurück und ziehe mein Handy raus, weil es sich so angefühlt hat, als hätte es vibriert. Schade, doch nicht.

»Danke! Ich glaube, die Bilder werden der Hammer!«, freut er sich. Ich mag ihn spontan.

Mit Kai, Nicks anderem Freund, sieht das ein bisschen anders aus. Er und Nick streiten sich, seit er im Zug ist, und irgendwie habe ich die Befürchtung, dass die hier noch anfangen, sich zu prügeln.

»Ich hab dir gesagt, dass du den Scheiß frühzeitig bestellen musst! Narben aufmalen sieht bescheuert aus!«, meckert Nick jetzt zum dritten Mal. Ein bisschen irritiert bin ich schon, so kenne ich Nick gar nicht ... Aber zusammen mit diesem Kai ... Er ist so gereizt und aggressiv ... Nicht gerade die Freude, die ich erwartet hatte ...

»Ich habe es frühzeitig bestellt. Ich kann nichts dafür, wenn der Dreck nicht ankommt! Zur Not such ich mir einfach jemanden mit Narben, der wird schon was dabeihaben«, meckert Kai zurück und fährt sich durch die kurzen, schwarzen Haare. Seine hellblauen Augen blitzen gereizt. Hoffentlich können die das Thema jetzt mal beenden. Die sind wie Hund und Katze ...

»Ihr könnt vor Ort ja auch einfach Collodium kaufen.«

»Und bis dahin läuft Gladiolus einfach ohne rum, oder was!«, meckert Nick jetzt Philip an, der nur lächelnd den Kopf schüttelt und sich offenbar kein Stück an Nicks Gemotze stört.

»Vorher kann ich's ja aufmalen!«, wirft Kai ein.

»Was immer noch kacke aussieht?!« Und trifft wieder nur auf Ablehnung. Meine Güte, ich frage mich echt, was bei den beiden lost ist, dass die sich so anzicken!

»Ey, was willst du von mir!« Kai wird laut und lehnt sich zu Nick nach vorne. Mit seinen einsneunzig und all den Muskeln wirkt er schon ein bisschen einschüchternd.

»Dass du deinen Scheiß einmal auf die Reihe kriegst!« Nur halt nicht auf Nick.

»Jungs!«, geht Philip jetzt doch dazwischen, weil die Leute außenrum schon schauen und die zwei gerade echt immer lauter werden. »Jetzt kriegt euch wieder ein, ja? Wir gehen ganz früh auf die Con. Wir marschieren einfach als Erstes zu einem Händler für Cosplaybedarf und dann passt es doch!« Er redet vor allem auf Nick ein, der mit verschränkten Armen neben mir sitzt und sein Spiegelbild im Fenster anschmollt. Laut seiner Aussage sind er und Kai gut befreundet. Klingt für mich nur leider nicht so. Wären Tim und ich - Ohhh, das war jetzt wirklich mein Handy!

Meine Finger fühlen sich ein ganz klein wenig feucht an, als ich es wieder aus meiner Tasche fische und die Muskeln in meinen Wangen schmerzen inzwischen vom vielen Grinsen.

›Ja, beziehungsweise in der Nähe. Bin noch jemanden besuchen. Du?‹, ist die Antwort auf mein ›Na, schon unterwegs‹ von heute Morgen.

Ich werde Chain sehen! Oh Gott, ich kann's immer noch nicht glauben!

›Sitze mit Kumpels im Zug. Haben noch 2,5 Std vor uns und ich glaube, Noctis und Gladiolus überleben die Fahrt nicht! XD‹

›So schlimm?‹

›Die schlagen sich, glaub ich gleich.‹ Zwar hat sich die Lage inzwischen wieder beruhigt, aber so habe ich zumindest was zu erzählen.

›Geh dazwischen?‹, schlägt er vor und ich sehe kurz zwischen den beiden Streithähnen hin und her. Nick schmollt immer noch.

›Sollte ich, oder? Mom!‹

»Können wir uns jetzt bitte wieder alle liebhaben?«, frage ich in die Runde und dann falle ich fast vom Sitz, als Kai mir gegen die Schulter boxt.

»Steckt dir deine Harmoniescheiße in den Arsch, Promptobaby!«, lacht er, dann sieht er aber zu Nick und stupst mit der Faust gegen sein Knie. »Ich hab's echt früh genug bestellt«, brummt er.

Nick wendet sich ihm langsam zu, dann lächelt er.

»Du bist dennoch ein unzuverlässiger Arsch.«

Kai zuckt die Schultern und grinst.

»Das macht meinen natürlichen Charme aus, weißt du doch ...«

»Jap, ich weiß.«

Wow, das ging schnell ... und einfach!

›Okay, haben sich wieder lieb! XD‹, schreibe ich grinsend.

›Na siehst du.‹

›Ich komme mir so doof vor, aber ich freue mich echt sehr auf dich! Keine Angst, ich springe dich aber nicht an und zerre dich zur nächsten Toilette. Außer du willst das! XP‹, tippe ich einfach, was mir gerade in den Sinn kommt.

›Das ist sehr vorbildlich. Und nein, das will ich sicher nicht, aber ich freue mich auch ...‹ Yeah, er freut sich auch!

›<3 <3 <3 Das ist echt ... Ich hatte so Angst, dass du noch absagst!‹

›Ich gebe zu, ich hatte mit dem Gedanken gespielt, aber dann ...‹ Hah, wusste ich es doch! Allerdings lasse ich es nicht zu, dass ich mich deswegen jetzt direkt wieder schlecht fühle! Dafür freue ich mich zu sehr auf ihn! Dennoch kann ich mir so eine ganz kleine Spitze nicht verkneifen.

›Weil ich dir nicht guttue?‹ Das war ein ziemlich harter Schlag in den Magen.

›Das habe ich nicht so gemeint.‹ Aha …

›Wie hast du es denn gemeint?‹, hake ich natürlich nach.

›Ist nicht so einfach zu erklären. Sagen wir, seit ich dich kenne, habe ich Schwierigkeiten, mein Leben richtig zu sortieren.‹

Irritiert starre ich auf den letzten Satz und versuche vergeblich zu verstehen, was er damit meinen könnte.

»Ey, Nick! Hilf mir mal, ich rall das nicht.« Schon

hat er mein Handy in der Hand und liest die letzten Nachrichten. Er sieht danach allerdings nicht viel erleuchteter aus als ich.

»Öh. Gute Frage ...«

»Ich weiß. Dabei bist du das Hirn bei uns, und ich nur der Penis«, lache ich.

Eine Millisekunde später trifft mich ein Blick von Kai, der sagt, dass er mich am liebsten sofort töten wollte, wenn er könnte. Ich kriege richtig Gänsehaut. Äh. Okay ...?

Nick stört das kein Stück, oder er hat den Blick von Kai gar nicht gesehen, weil er immer noch auf mein Handy starrt.

»Vielleicht … weil du jetzt mehr Raum in seinem Leben einnimmst, seit ihr schreibt und er noch nicht weiß, wo er dich da hinsortieren soll? Warum auch immer?«, schlägt er dann vor und ich wiege den Kopf. Klingt nicht falsch.

»Ich frag mal.«

›Weil du einen Platz für mich finden willst, der nicht da ist?‹, biete ich ihm dann an und bin jetzt echt gespannt, was er dazu sagt. Es dauert einen Moment, dann kommt die Antwort.

›So in etwa, ja. Das ist allerdings sehr vereinfacht.‹

»Hattest recht, Genie«, lasse ich Nick wissen, dann antworte ich Chain.

›Klingt kompliziert ... Aber ich freue mich, dass du mich dennoch sehen willst! :-*‹ Ich lächle breit, als ich die Nachricht abschicke.

›Ich muss jetzt wieder. Bis morgen.‹

›Jo, bis morgen! X3‹ Mein Herz, ey … Ich hoffe, ich überlebe dieses Wochenende. Und ich hoffe wirklich, dass Chain nicht doch ein 40-jähriger, fetter, verheirateter Perversling ist …

***

Endlich!

Endlich ist es so weit! Als ich den ersten Fuß in die große Halle setze, bin ich einfach nur total überwältigt. Alles ist bunt und voll kleiner und größerer Stände, es gibt Merchandise von allen möglichen Spielen, Filmen, Mangas und Animes, Klamotten, Plüschtiere, Figuren … Ich kann mich gar nicht sattsehen. Ich muss da überall hin und mir alles angucken und Fotos für Hannah machen und überhaupt! Aber das Beste: Überall laufen Cosplayer herum. Also, auch normale Leute, aber mich interessieren halt vorrangig die Cos -

»Oh mein Gott! Darf ich bitte ein Foto mit euch machen!? Ihr seht so gut aus! Der Wahnsinn!« Etwas überfahren sehe ich auf ein junges Mädchen runter, das mich mit riesigen Augen anglotzt, als wäre ich ein Außerirdischer.

»Klar, gern!«, hilft mir Nick, schiebt mich ein bisschen zur Seite und in die Pose, die wir uns im Hotel gestern noch überlegt haben.

»Danke! Ihr seht aus, wie direkt aus dem Spiel, echt toll! Meine Schwester wird ausrasten, wenn sie die Bilder sieht!«, freut sich das Mädchen und ich fange automatisch an zu lächeln, auch wenn ich mir komisch vorkomme.

»Kein Ding, und danke.« Nick wirkt total entspannt auf mich, aber gut, der ist auch schon gewohnt und öfter auf solchen Messen. Er wird bestimmt total oft um Fotos gebeten. Für mich ist das noch ein bisschen merkwürdig, aber gleichzeitig ein ziemlich gutes Gefühl, denn das heißt ja auch, dass anderen mein Cosplay gefällt.

Und ich bin da auch echt richtig stolz drauf!

Drei Stunden laufen wir durch die Halle und vor dem Gebäude über das Gelände. Ich bin einfach nur absolut und vollkommen begeistert. Ich habe schon fünf Visitenkarten bekommen, drei Handynummern und beinahe einen Herzinfarkt, weil ein Mädchen gefragt hat, ob Nick und ich uns vielleicht küssen können, und als dann um uns herum ein ganzer Pulk Mädchen angefangen hat zu kreischen, war's einfach echt vorbei und ich endgültig verstört, aber alles halb so wild.

Nick sagt ständig, dass das normal ist und dass ich mir nichts denken soll und dass ich einfach super aussehe, und überhaupt geht es mir einfach nur verdammt gut!

Okay ... Gerade ist mir ein bisschen schlecht, weil ... Es ist kurz vor 14 Uhr und ich stehe mit Nick am vereinbarten Treffpunkt.

»Oh Gott, ich hab so Angst! Was, wenn er mich scheiße findet?!«, jammere ich, zupfe die ganze Zeit schon an meinem Oberteil herum und sehe mich immer wieder nervös um. Gleich ist es so weit! Fuck, ich bin noch nicht bereit!

»Wird er nicht!«, versichert mir Nick zum x-ten Mal und legt mir seine Hände auf die Schultern, will mich so wahrscheinlich beruhigen, nur klappt das nicht so richtig.

»Aber wenn doch?!«

»Dann ist er selbst Scheiße. Jetzt krieg dich wieder ein, das wird toll. Und nein, jetzt keinen Kuss, stell dir vor, er sieht das, du Honk!«, wehrt er mich ab, als ich noch ein bisschen Nähe suche.

»Mist, du hast Recht, sorry.« Ich muss erst mal durchatmen. Lange und tief. »Ich melde mich, wenn wir fertig sind.«

»Mach das! Viel Spaß euch und lasst euch nicht rauswerfen, weil ihr auf dem Klo zu laut seid«, zieht er mich auf, während er sich schon rückwärts von mir entfernt. Kann er nicht einfach dableiben?

»Wir werden keinen Sex haben, bist du blöd?«, lache ich nervös und richte eines meiner ledernen Armbänder. »Sehe ich gut aus?«

»Du siehst fantastisch aus. Und ich gehe jetzt. Du schaffst das!« Das sagt er so einfach.

»Ja ... danke ... bis dann ...« Oh Gott ich sterbe! Und wehe, er kommt nicht.

DANKSAGUNG

Na ja, eigentlich nicht, eher sinnfreies Gequatsche zum Nicht-Schluss. Aber da ich noch so schön viele Bände vor mir hab, kann ich euch ja immer noch ein bisschen Unfug um die Ohren hauen. Für diesen Band dachte ich an ein paar Funfakts. Bereit?

1. Diese Geschichte wurde von mir in exakt 365 Tagen geschrieben.
2. Bis auf, lasst mich nicht lügen, etwa 3-5% habe ich sie komplett auf dem Handy geschrieben und das morgens auf dem Weg zur Arbeit.
3. Ohne die Linien U74 und die U76 der deutschen Rheinbahn gäbe es diese Geschichte nicht.
4. Die Grundidee zu der Geschichte bekam ich von meinem Freund, der über eine deutsche RPG-Seite vor etlichen Jahren seinen besten Freund kennengelernt hat. Ohne es zu wissen, habe ich ‚Chain' genauso wie den ersten Charakter genannt, den mein Freund in ihrem ersten RPG gespielt hat.
5. Sehr, sehr viele Szenen aus der Geschichte sind wahre Begebenheiten aus meinem Leben oder dem der Menschen in meinem nächsten Umfeld. Gegen Ende verrate ich auch, welche dazu gehören und ich denke, da wird der eine oder andere aus dem Kopfschütteln nicht mehr herauskommen.

So, den zweiten Band habt ihr jetzt hinter euch und ich hoffe, wir lesen uns im Dritten wieder! Danke, dass ihr hier seid, mitfiebert und diesen laaaaangen Weg mit mir zusammen geht. Danke für alles <3